LA GRAVURE

POËME.

A PARIS,

Chez P. G. Le Mercier, Imprimeur-Libraire,
rue S. Jacques au Livre d'Or.

M. D C C. L I I I.

AVEC PERMISSION DU ROI.

A
L'ACADEMIE ROYALE
DE PEINTURE
ET DE SCULPTURE.

MA Muſe encor timide & ſenſible
à la gloire,
Pour conſacrer ſes vers au tem-
ple de Mémoire,
Cherchoit un nom illuſtre, un protec-
teur puiſſant;
Lorſqu'au milieu des airs un char éblouiſ-
ſant
Pouſſé par les Zéphirs, vers la terre s'ab-
baiſſe,
Et place ſous mes yeux une auguſte
Déeſſe.

Je reconnus Pallas : un rameau d'olivier
Couronnoit mieux son front que n'eût
    fait le laurier.
Elle se présentoit sans casque, sans
    Egide ;
Ce n'étoit point de Mars la rivale intré-
    pide,
Qui du cerveau fécond du Souverain des
    Cieux,
Sortit la lance en main & fit trembler les
    Dieux
En jettant sur l'Olympe un regard formi-
    dable.
Tempérant sa fierté par un sourire aima-
    ble,
La Déesse tenoit d'une main le pinceau,
Dans l'autre elle portoit le burin, le ci-
    seau.
Telle déja Pallas à moi s'étoit montrée,
Lorsqu'elle descendit de la voute azurée,
Pour venir m'annoncer son ordre souve-
    rain,

Et me faire chanter les travaux du burin.

» Approuvant aujourd'hui les accords
   » de ma lyre

» Ta Muſe, me dit-elle, avant de ſe pro-
   » duire

» Cherche un guide, un appui qui raſ-
   » ſure ſes pas

» Dans un ſentier gliſſant où l'on n'a-
   » vance pas,

» Si l'on y marche ſeul ſans amis, ſans
   » Mécène ;

» Ainſi l'humble arbriſſeau cherche l'om-
   » bre d'un chêne.

   » Tu balances, tu crains, je veux fixer
   « ton choix ;

» Choiſis ce noble corps qui ſoumis à
   » mes loix,

» Enrichi de mes dons & plein de mon
   » génie,

» Fait regner les beaux arts au ſein de ta
   » patrie.

» Choifis l'illuftre Ecole où par mes foins
    » heureux

» L'on a vû fe former tant d'Artiftes fa-
    » meux ;

» Dignes par leurs travaux & d'Athene
    » & de Rome,

» Ils ont rendu les Dieux jaloux des mains
    » de l'homme.

» Ici fous le cifeau le marbre de Paros

» Refpirant tout-à-coup fe transforme en
    » Héros ;

» Là le pinceau rival de la belle nature,

» Du feu de Promethée anime une figure,

» Et le métal cavé par une habile main,

» Etend fur le papier les beautés du bu-
    » rin.

    » Tel ce corps à nos yeux parut dès
    » fon aurore,

» Le vif éclat qu'il eut, il le conferve
    » encore.

    » Mais c'étoit peu d'avoir dans l'art de
    » Phidias

» Surpaffé l'efpérance & les vœux de
  » Pallas :

» Artiftes Ecrivains, votre plume légére
» Ajoute à vos talens la gloire littéraire ;
» Vos écrits toujours lûs, relûs avec
  » plaifir,
» Inftruiront des beaux arts les fiécles à
  » venir ;
» Et vos fronts couronnés de la main de
  Minerve,
» Seront ceints du laurier que Phœbus
  » vous réferve.
    » Phœbus le doit fur-tout aux célé-
  » bres Auteurs
» Dont les plumes ont peint de fi belles
  » couleurs
» L'hiftoire & les talens de ces nouveaux
  » Apelles
» Donnés au gré des Rois pour chefs &
  » pour modéles
» Au Licée où fleurit l'étude du pin-
  » ceau.

» Chaque Auteur d'une vie a tracé le ta-
» bleau.

» Ainſi chacun des Dieux gratifia Pan-
» dore ,

» Germe fatal des maux qu'on vit bien-
» tôt éclore !

» Cet ouvrage formé de préſens faits aux
» Arts ,

» En rappellant au jour les Le Bruns , les
» Mignards ,

» A ces illuſtres noms conſerve notre
» eſtime ;

» Utile au jeune éléve , il l'inſtruit &
» l'anime.

» Que doit encor Phœbus à cet autre
» Ecrivain

» Dont le ſçavoir profond & le ſtile di-
» vin

» Ont rendu leur ſplendeur à l'onix , à
» l'agathe

» Précieux monumens d'une main déli-
» cate ?

» Il ſçait dans ſes portraits varier ſes
    » crayons,

» D'exemples lumineux éclaircir ſes le-
    » çons;

» Tout ſon ouvrage échappe aux traits
    » de la critique,

» Et ſi jamais l'envie y met ſa dent cauſti-
    » que,

» L'envie éprouvera que ce beau dia-
    » mant

» Prête moins que la lime à la dent du
    » ſerpent.

» Puiſſe la même plume enfanter un ou-
    » vrage

» Digne de ſes ſuccès, digne de mon
    » ſuffrage,

» Alors pour couronner ſes travaux ap-
    » plaudis,

» La France mêlera le laurier & le lys.
    » Toi, prête à mes conſeils une oreille
    » docile.

» Tes nouveaux protecteurs ſont d'un
    » abord facile,

A L'ACADE'MIE

» Il en eſt un chéri de Pallas & de Mars;
» Amateur éclairé des lettres & des Arts;
» Iſſu du plus beau ſang, il porte un nom
» illuſtre,
» Et par mille vertus lui donne un nou-
» veau luſtre.
» Il me ſemble le voir affable, officieux;
» S'empreſſer à te faire un accueil gra-
» cieux;
» Et te menant lui-même à ſa troupe ſça-
» vante
» Faire agréer les Vers que ta main leur
» préſente.
» Ainſi vit-on Gallus conduit par Apol-
» lon
» Des rives du Permeſſe au haut de l'Hé-
» licon.
A ces mots la Déeſſe abandonne la
terre:
Son char léger franchit le ſéjour du ton-
nerre;
Un eſſain de Zéphirs l'éléve juſqu'aux
Cieux,

Où sur un trône assise à la table des Dieux,

Elle boit le nectar, & goute l'ambroisie.

Aux ordres de Pallas, illustre Aca-
démie,

Je me soumets & viens implorer votre
appui :

Si d'un commun accord vous daignez aujourd'hui

Recevoir, agréer mes vers & mon hommage ;

Fier, comme je le dois, d'un si noble
avantage,

Je défierai l'envie & ses noires fureurs ;

Et sans craindre du tems les progrès des-
tructeurs,

D'un pas ferme j'irai couvert de votre
gloire,

Me faire couronner au temple de Mémoire.

Ainsi l'heureux Ulysse à côté de Pallas,

Combattant sous l'Egide, affrontoit le
trépas.

Ainſi du grand Céſar partageant la for-
        tune ,

Le Nautonnier plus fier que n'eût été
        Neptune ,

Riant de la fureur & des vents & des flots

Oppoſoit aux écueils les deſtins du Hé-
        ros.

L A

LA GRAVURE

POËME.

CHANT PREMIER.

'AI chanté la Sculpture : une Divinité puissante, Minerve elle-même me remet encore la lyre en main, & m'ordonne de célébrer la Gravure : j'obéis, & je vais fournir une carriere dans laquelle personne avant moi n'est entré.

Dieu des Arts & des Talens, Apollon, c'est toi que j'invoque ; toi que l'univers adore, & dont les feux ardens éclairent l'immensité des Cieux ; toi sans qui l'esprit humain ne conçoit rien de grand & de sublime. Quitte les aimables fontaines de Castalie, abandonne les sommets chéris du Parnasse, viens, & fais passer dans mon ame ta

A

Divinité toute entiére. Puiffe ainfi le vif éclat de tes rayons n'être jamais obfcurci par le plus léger nuage; puiffe la terre féconde fe couvrir pour toi des plus beaux lauriers; puiffe le Pinde enchanté répondre toujours à la douceur de tes accords par le bruit flatteur de fes applaudiffemens; puiffe le Pin fuperbe courber devant toi fa tête altiére, & reconnoître par fa fenfibilité le pouvoir fuprême de ta lyre.

Semblable à ces troncs fertiles qui fe partagent en plufieurs branches, à ces fources abondantes qui forment plus d'un ruiffeau, la Gravure préfente plus d'une partie digne d'être célébrée. Ses différentes efpéces & leurs noms divers, feront le fujet de mes premiers chants : je parlerai enfuite des qualités qui forment le vrai beau de fes productions, des talens qu'elle exige, des Artiftes qu'elle a illuftré: enfin, fi Phœbus ne fe laffe point de m'infpirer, je développerai fes propriétés auffi variées qu'utiles. Ce fera le terme de la navigation pénible que j'entreprends. Porté fur une plage calme & tranquille, mon vaiffeau fe repofera dans le port de fes travaux paffés; fi cependant il eft deftiné à y entrer, & fi quelqu'écueil

ne lui prépare point un funeste nau-
frage au milieu de sa course.

Les Anciens ont connu l'art admirable de créer d'un marbre insensible
des figures vivantes & animées, de
donner de la parole & du sentiment à
la toile & aux couleurs. Qui n'a point
entendu parler des raisins trompeurs
de Zeuxis, du Ciclope de Timante ?
Qui ne connoît point l'Hercule de Ly-
sippe, la Diane de Polyclete, le Ju-
piter de Phidias, & la Vache de Miron ?
Mais les hommes ignorerent long-
tems le secret de faire passer sur une
feuille légére tous les traits d'une figure gravée sur l'airain ; sans doute parce
que le génie borné des mortels, n'a-
vance que lentement dans la découverte des arts. Le même siécle ne les a
pas tous produits. Pan apprit, dit-on,
le premier aux hommes, que quelques
roseaux stériles joints avec de la cire,
pouvoient à l'aide du vent, rendre des
sons gracieux. Des cordes tendües, &
légérement touchées par des doigts agiles, devinrent ensuite une nouvelle source d'harmonie. A la mélodie des sons
se joignirent les accens de la Poësie ; &
la voix s'accordant avec la lyre, l'oreille trouva dans leur union des plaisirs

plus piquans. Peut-être la postérité ver-
ra-t-elle un jour se former sous la main
sçavante d'un Artiste ingénieux un
concert entier de couleurs, dont les divers tons exactement nuancés en proportion avec les tons musicaux, en-
fanteront pour le plaisir des yeux ces
accords ravissans dont l'oreille seule
goutoit depuis long-tems les charmes,
& amuseront l'esprit par une aimable
illusion.

Florence, cette ville féconde en
grands hommes, vit éclore dans son
sein les premiers traits de la Gravure.
La découverte de ce bel art est düe aux
études laborieuses d'un Orphévre. Ac-
coutumé à tirer avec de l'argile l'em-
preinte des reliefs dont il chargeoit ses
ouvrages, & à couler ensuite dans
l'argile un soufre liquide, pour en
enlever la crasse déposée par l'argent,
il s'apperçoit un jour, pour la premiére
fois, que le soufre refroidi avoit rete-
nu toutes les tailles imprimées dans
l'argile. Il regarde, il s'étonne, sa
joie est égale à sa surprise ; non, un laboureur qui découvre en semant, ou en
fouillant sa terre un trésor précieux, ne
sent point des transports plus vifs. L'Artiste réitére l'expérience sur l'argent

même, & employe au lieu de foufre un papier humide : le papier auffi fidéle que le foufre, rend dans fa furface tous les traits qu'il a emprunté de l'argent. Tels font les premiers effais d'un art que de plus grandes recherches devoient porter a la plus haute perfection.

Il y a deux façons de graver ; l'une à l'aide de l'eau-forte atteint plus promptement fon but (le nom de cette liqueur pris d'une langue fçavante exprime fa compofition & fes qualités.) L'autre plus détaillée dans fes opérations, exige l'action du burin, demande une main habile & infatiga-ble. Genre de travail dans lequel l'Artifte conftammenr attaché à fon attelier, ne parvient qu'après plufieurs mois & des efforts fouvent réitérés, à exécuter enfin fur le bronze la figure que fon efprit a conçu. Semblable à la nature qui lente à perfectionner fes ouvrages, ne forme que par degrés l'enfant dans le fein de fa mere, & ne le produit à la lumiére qu'après que l'aftre de la nuit a neuf fois réparé fon difque.

Sous le burin créateur fe forme d'a-bord une tête ornée d'une chevelure légérement touchée ; enfuite paroiffent des épaules, des bras, des mains, des

pieds ; le burin ne fe repofe que lorfque la Planche préfente aux yeux une
figure parfaite. Ainfi la Fable nous
peint-elle une multitude d'hommes fe
formant par parties des dents d'un dra-
gon. A peine Cadmus les a-t-il femé,
que la terre qui les a reçu s'ébranle &
s'agite ; bien-tôt fa fuperficie paroît
hériffée de pointes de lances : elle s'ouvre de toutes parts & laiffe appercevoir des cafques & des aigrettes ; les
objets s'élévent infenfiblement, croif-
fent, fe développent & font voir des
épaules chargées de pefantes cuiraffes,
des bras armés de javelots, enfin une
troupe redoutable de guerriers cou-
verts d'armes brillantes.

Mais la briéveté du tems demande quelquefois une exécution plus
prompte. En voici le fecret : fur une
planche d'airain échauffée on fait couler un léger vernis compofé de poix
fondüe : on l'expofe enfuite à la fumée
épaiffe d'une bougie, & on ne l'en re-
tire que lorfque la furface s'eft teinte
d'une couleur noire. Sur la planche
ainfi préparée, on applique un papier
chargé d'un côté du fujet deftiné à la
Gravure, & colorié de l'autre avec de
la fanguine broyée. Un ftilet paffé fur

chaque partie du deſſein le tranſmet
tout entier au vernis. L'Artiſte reprend
légérement chaque trait avec une
pointe plus affilée, & les renferme
tous dans une bordure de cire deſtinée à retenir l'eau-forte qu'il répand
ſur la planche. La liqueur mordante
s'inſinue, pénétre dans toutes les
tailles. Bien-tôt l'airain céde à ſes im-
preſſions. L'effet des plantes employées
dans les enchantemens n'eſt ni plus
vif ni plus prompt : en un moment
preſque ſous les yeux étonnés du Graveur, s'élévent des Palais ſuperbes,
& des Villes entourées de murailles ;
des forêts immenſes portent leurs têtes juſques dans les nuës, les champs
ſe couvrent de gazon, la mer s'enfle
& s'irrite, divers animaux errent ſur
les montagnes : ici c'eſt une moiſſon
abondante, là c'eſt une vigne chargée
des dons précieux de Bacchus ; ailleurs
ſe font des eſpéces inconnues d'arbuſ-
tes & de fleurs. Effet admirable de
l'eau-forte employée à propos ! prodige ſemblable à ceux qu'opéroient les
ſucs magiques dont ſe ſervoit Médée,
pour rendre aux membres glacés d'un
vieillard la vigueur & les graces de la
jeuneſſe ! Une goutte de la liqueur en-

A iv

chantée s'échappoit-elle du vafe où
l'ardeur du feu la préparoit, l'endroit
de la terre qui en étoit humecté, re-
prenoit auffi-tôt les charmes du prin-
tems ; le lys forçant les liens de la
nature, étaloit aux yeux la blancheur
éblouiffante de fon calice : le narciffe
déployoit toutes les richeffes de fes
feuilles dorées : l'olivier fe couvroit
de fleurs & de fruits : des plantes fans
nombre croiffoient dans les lieux mêmes où n'exiftoient pas les principes de
leur être.

L'action de l'eau-forte veut être di-
rigée de peur qu'elle ne creufe trop
profondément les traits qui ne demandent que les atteintes les plus légéres.
Du fuif mêlé avec de l'huile graffe &
épaiffe devient un rempart contre fa
furie, & l'oblige de fe porter ailleurs.
C'eft ainfi que le laboureur intelligent
oppofe des digues puiffantes aux ruiffeaux dont les prairies fuffifamment
arrofées n'exigent plus l'écoulement.
Les eaux changent de cours, & à travers de foibles cailloux qu'elles for-
cent avec un agréable murmure, elles
vont porter dans des chants arides la
fertilité & la fraîcheur.

Il eft encore une façon de graver :

c'eſt l'invention d'un génie ſublime,
c'eſt le riche préſent d'un grand Maître. Favori de Mars & de Minerve, il
manioit alternativement l'épée & le
burin, gouvernoit des Peuples, & fai-
ſoit fleurir les arts. Des lignes tracées
en tous ſens ſur la planche doivent
tellement en ſillonner la ſurface, qu'il
n'y ait aucun endroit qui échappe aux
hachures du burin, & qui ne faſſe
ſentir ſous la main des inégalités ra-
boteuſes ; ainſi qu'on n'épargne pas les
coups, ils ſont néceſſaires. Après cette
opération, on arrête le deſſein ſur la
planche ; avec le ſecours d'un fer préparé pour cet uſage, on enléve enſuite
entiérement, ou ſeulement on effleure
les parties élevées de la ſurface. La
même main qui fit les bleſſures, ferme
les unes, laiſſe les autres ouvertes,
ménage par là l'effet des ombres & des
lumiéres, & donne enfin aux figures
le point de perfection qu'elles exigent.

Cependant ce genre de Gravure, illuſtre dans ſon origine, eſt borné dans
ſes uſages. Il n'eſt point fait pour les
ſujets qui ne préſentent à l'eſprit que
des idées agréables, tels que ſont les
plaiſirs innocens de la campagne,
l'éclat d'un ciel pur & ſerein, les ſpec-

tacles enjoués d'une fête publique ;
mais au contraire, les fombres demeu-
res de l'Averne, les bords arides du
Stix, la redoutable troupe des Euméni-
des, l'empire odieux de Pluton, les ter-
ribles jugemens de Radamanthe : tout
ce qui demande des ombres & de la
nuit reçoit de fes traits une nouvelle
force, & une plus vive expreffion.

La matiére la plus commune, le
bois peut auffi entre les mains d'un
habile Graveur, devenir capable de
produire des objets gracieux. Ils n'auront fans doute ni la netteté, ni la
fineffe de trait dont le cuivre feul eft
fufceptible ; car autant que l'or l'emporte fur le plomb, autant la Gravure
en cuivre l'emporte fur la Gravure en
bois ; celle-ci néanmoins fournit aux
livres une partie de leurs ornemens.
Tantôt c'eft une Vigne artiftement
fufpendüe, tantôt c'eft une corbeille
remplie de fleurs, femblable à celle
que porte fur fa tête une bergére que
la curiofité a conduite dans les champs,
& qui revient chargée des dépouilles
de Flore.

Je ne pafferai point fous filence cette efpéce de Gravure qui imite la
Peinture au point de tromper les yeux,

& de paroître autant l'ouvrage du pinceau que du burin. Trois planches de bois ou de cuivre, deftinées à des emplois différens éprouvent tour-à tour le burin de l'Artifte ; aucune ne contient le fujet entier de la Gravure , chacune en poffède une partie ; toutes trois doivent fournir une couleur particuliére, le jaune, le rouge, le bleu. On les couvre des couleurs qui leur font affignées : un Papier humide appliqué fucceffivement fur chacune d'elles , porté enfuite fous la preffe , s'y imbibe des nuances qui lui manquent , & n'en fort que chargé de la figure que l'on vouloit y tracer. Production ambigüe qui n'appartient féparément ni à la Gravure, ni à la Peinture ; qui naît cependant de la réunion des deux arts ; que tous les deux par conféquent peuvent s'attribuer , parce que la Gravure lui prête fes traits , & la Peinture fon coloris.

Il eft un fecond moyen de colorier une eftampe. De la preffe on la fait paffer fur une toile mouillée : aidé d'une liqueur vifqueufe & tenace préparée pour cet effet, le papier s'incorpore avec la toile même, & ne fait plus qu'un avec le fond fur lequel il porte. Alors le Graveur devenu Peintre distribue aux différentes parties de l'estampe les teintes qui conviennent à chacune d'elles. Au reste . ces ornemens étrangers, loin de rehausser l'éclat de la Gravure , en altérent les beautés naturelles. Image sensible des dégats que font sur un beau visage le vermillon & la céruse sous lesquels une jeunesse imprudente se plaît souvent à faire disparoître ses traits. Ces graces empruntées dégradent celles de la nature , & ne les remplacent pas.

Mais dois-je confondre avec de grossiéres enluminures , ces chefs-d'œuvres du burin & du pinceau réunis , ces coquillages admirables dont l'Allemagne vient d'enrichir le trésor des arts ? Non sans doute ; puisqu'il est vrai que les côtes fertiles de l'Inde , les sables brillans de l'Amérique n'en produisent ni de plus précieux , ni de plus naturels. Ici les couleurs répandues avec intelligence ajoutent au prix de la Gravure , & parent l'estampe de nouvelles graces.

Enfin l'art peut aller jusqu'à transporter sur un verre fragile & la Gravure & les couleurs. Tels sont les moyens qu'il employe. On choifit un cryftal pur & uni ; & l'on étend fur fa furface l'eftampe enluminée avec des couleurs détrempées dans l'efprit de térébenthine. L'Artifte abandonne enfuite cette préparation ; & reprenant le crayon ou le burin , il arrête quelque deffein , ou donne le dernier trait à quélque figure commencée en cuivre. Cependant le verre & l'eftampe fe rapprochent de plus en plus, & refferrent avec de nouveaux efforts leur premiére union. Bien plus, la fubftance du papier paffe infenfiblement dans celle du verre , la pénétre, & fe confond avec elle. Mais hélas ! eft-il une union fi parfaite, que les tems ne viennent à bout de détruire ? Celle du verre & de l'eftampe eft à peine formée , à peine ont-ils commencé à goûter dans une demeure commune les douceurs d'un penchant réciproque, que l'eftampe arrachée du fein où elle fe croyoit fixée pour toujours, eft forcée d'abandonner une place qui étoit étrangére pour elle, & où elle feroit déformais de trop. Mais la main cruelle qui la fépare de ce qu'elle aime , ne fçauroit éteindre l'ardeur

mutuelle qui les porte l'un vers l'autre. Ainfi qu'une époufe affligée à qui
la Parque a enlevé un époux chéri,
employe la toile & le marbre pour
retracer à fes yeux dans un portrait
fidéle l'objet qui fait couler fes larmes , & cherche à tromper une douleur réelle par la vuë d'une vaine ref-
femblance ; ainfi le verre féparé malgré lui de l'eftampe à laquelle il étoit
uni , retient au moins les traits qui la
lui rendoient chére : traits précieux !
gage inviolable de fa tendreffe à qui
on ne peut plus les enlever! Auffi l'œil
les découvre-t-il toutes les fois qu'il fe
fixe fur le côté oppofé du verre. L'eftampe n'eft plus , l'image refte encore.

A quelque genre de Gravure que
vous foyez livré , foit que vous gra-
viez au burin , ou à l'eau-forte , foit
même que vous vous borniez à la Gravure en bois ; le grand point , le point
décifif pour votre gloire , eft de graver
d'après les Peintres les plus célébres de
chaque fiécle , de les imiter , de les
rendre fidélement. Laiffez périr dans
la pouffiére les tableaux médiocres.
L'immortalité n'eft point réfervée à
une copie même parfaite d'un mauvais

original. Son sort sera semblable à celui d'un insipide ouvrage qu'un Auteur
imprudent fait passer dans sa langue
naturelle. Quel que soit dans le Tra-
ducteur le brillant du génie, la ri-
chesse de l'imagination, l'élégance du
stile, ce stile égalât'il la pureté du
fleuve le plus doux & le plus tranquille, jamais l'ouvrage ne triomphera de l'oubli honteux qui le menace : à
peine produit au grand jour, il sera
plongé dans d'épaisses ténébres; & en-
seveli pour toujours dans un réduit
obscur, il y deviendra la proye des
vers.

Quand vous aurez choisi votre Peintre, quand vous vous serez fixé à
un beau tableau; prenez le burin,
tracez vos figures sur le cuivre, & re-
produisez sur le papier les objets con-
fiés à la toile : mais sur tout, que l'imitation soit parfaite ; qu'aucune touche,
qu'aucun trait du tableau, quelque petits qu'ils soient, quelqu'indifférens
qu'ils paroissent, n'échappent à la
Gravure : ce précepte est de la nature
elle-même. Le crystal d'une onde pure, frappé des rayons du soleil, rend
sans altération & sans différence tout
l'objet qui vient s'y peindre ; voilà

votre modéle. Le burin doit tout saisir, tout exprimer, & les cheveux de la tête, & le poil de la barbe, les veines & les fibres les plus délicates du corps humain.

Mais c'est peu d'enlever à un tableau ses personnages & ses figures : l'esprit qui les anime, la vigueur de leurs mouvemens, voilà ce qu'il faut encore lui dérober ; il faut que l'estampe respire ; il faut que le papier reçoive du burin ce sentiment, cette vie que le pinceau a communiqué à la toile. Celle-ci représente-t-elle Oreste livré aux accès d'une noire furie, Venus versant des larmes sur le malheur d'Adonis, Cassandre traînée par les cheveux, & en proye à des terreurs cruelles ? Celui-là doit retracer dans toute leur vérité, dans toute leur vivacité, & les soupirs de Venus pour un objet aimable qui n'est plus, & les frayeurs de Cassandre, & les fureurs d'Oreste.

Voyez dans le trait sublime d'un burin conduit par le génie, voyez le trouble subit qui vient de saisir l'impie Attila. Il s'effraye, s'arrête, & détourne son cheval fougueux : la vuë d'une épée sanglante, d'un bras armé contre ses jours le déconcerte & l'abbat ; ses

membres

membres tremblans se soutiennent à
peine ; la lumiére blesse ses yeux ;
son visage pâlit, la sueur coule de
tout son corps ; le coursier même qui
le porte, frémit & recule ; le mords
l'importune & l'irrite, il s'agite &
se cabre : des flots d'écume sortent de
sa bouche. La frayeur du Général se
communique à tous ceux qui l'environnent ; le Soldat éperdu fuit en desordre
dans la campagne, & oublie qu'il est
venu pour saccager Rome & extermi-
ner ses habitans ; il ne voit plus que
le glaive redoutable suspendu sur sa
tête ; il s'éloigne à pas précipités d'une
ville pour laquelle le Ciel même s'in-
téresse, & combat. Dans le lointain le
feu allumé par la main des Barbares
fait d'affreux ravages, & pousse vers
le ciel d'épais tourbillons de flammes
& de fumée. Pardonne-le-moi, divin
Raphael, l'Attila sorti de ta main
n'affecte pas plus vivement mon ame,
quoique ce tableau posséde toutes les
richesses du plus brillant coloris, &
que Rome n'ait pas dans ses trésors un
chef-d'œuvre qu'elle lui compare.
  Que dirai-je de l'estampe qui représente le massacre de ces tendres enfans
immolés dans l'aurore de leurs jours.

B

aux foupçons de l'impitoyable Héro-
de ? Ici une mére éplorée, le fein déchiré, les cheveux en défordre, fol-
licite par fes larmes la vengeance de
l'Eternel ; fes yeux tendrement élevés
vers le Ciel, femblent lui redeman-
der l'innocente victime dont l'épée
d'un cruel ennemi vient de perçer le
cœur.   Là un foldat furieux faifit
& étouffe fans pitié un enfant trop
foible pour fe défendre. Tu le vois,
Mére infortunée, tu le vois : fon crime
ne peut refter long-tems impuni. Déja
une jufte fureur t'anime ; une épée
manque à ta vengeance, tes ongles
& tes dents y fuppléent ; le vifage
& les bras du licteur en portent les
marques fanglantes ; que ne peuvent-
ils pour fervir toute l'étendue de ta
rage mettre en piéces l'objet odieux
qui l'excite ? Plus loin une Femme
allarmée tâche de fouftraire la victime
au coup de la mort ; elle arrête, elle
repouffe le glaive menaçant, l'amour
& la nature prêtent des forces à fon
bras : forces inutiles !Hélas ! Le poi-
gnard a déja déchiré les entrailles de
fon malheureux fils, des ruiffeaux de
fang coulent de fa bleffure. D'un autre
côté un cheval écumant & indocile

semble reprocher aux hommes leur
insensibilité barbare ; il se roidit contre la main qui le guide ; il céde enfin
aux menaces, & aux coups dont on
le charge ; il avance, & dans ses écarts
violens il écrase sous ses pieds les
membres délicats d'un enfant de quelques jours ; tandis que d'autres enle-
vés du sein de leurs meres par un bour-
reau farouche, n'opposent que des
efforts impuissans à la cruauté de
leurs ravisseurs. Tel un loup que la
faim presse, après avoir rodé long-
tems autour d'un troupeau timide, &
réussi enfin à séparer de la mére un
imprudent agneau, l'enléve dans l'é-
paisseur d'une forêt, le déchire, &
dévore avec avidité ses membres pal-
pitans. Que puis-je encore ajouter ? la
fureur des meres, la férocité des sol-
dats se montrent sous les mêmes traits,
produisent les mêmes effets dans l'estampe que dans le tableau ; celle-là
comme celui-ci, se plaint, s'allarme,
frémit, soupire.

Fille de la Peinture, la Gravure doit
en suivre les principes. Le Graveur
distribuera donc tellement ses ombres
& ses lumiéres, que les plus grands
jours soient pour les figures les plus

avancées fur le bord de l'eftampe, &
que les plus reculées n'en reçoivent
qu'à proportion de leur éloignement.
Ainſi Venus tire de ſa proximité du
Soleil une lumiére plus abondante, &
brille d'un éclat plus vif ; tandis que
les autres Planétes ne jettent que des
feux languiſſans ; & que l'obſcur, le
froid Saturne ne lance que de pâles
étincelles.

La diſtance plus ou moins grande
des corps doit auſſi mettre de la différence dans le trait. Celle-ci ſe régle
toujours ſur celle-là. Tel eſt l'ordre de
la nature & la diſpoſition de ſes effets.
Dans un homme vû du ſommet d'une
montagne, ou du haut d'un édifice
élevé, la tête ſe confond avec les
pieds, le col avec la poitrine, les épaules avec l'eſtomac. Toutes ſes parties
ſi bien diſtinguées entr'elles, ne préſentent dans l'éloignement qu'une
maſſe informe & groſſiére. Le même
objet ſe rapproche-t-il ! chaque partie
ſe développe & s'étend ; les yeux, les
joües, les pieds reprennent leur place
& leur proportion naturelle ; les jambes s'éloignent de la poitrine, la bouche du front, le menton du nez. Que
dis-je ? Les cheveux mêmes, les che-

veux s'apperçoivent, fe diftinguent &
fe comptent : & c'eft ainfi que les in-
tervalles reglent un burin attentif fur
le plus ou le moins de netteté & de
développement qu'exigent fes figures.

Elle brille cette intelligence de la
perfpective, & de la dégradation des
objets dans l'eftampe admirable où le
grand Audran a tracé les avantures du
jeune Pirrhus pourfuivi par des fujets
rebelles qui en veulent à fes jours ; &
qui cherchants à venger fur le fils inno-
cent les attentats du pere, ne préten-
dent rien moins qu'éteindre un nom
odieux à tout un peuple. Porté fur les
bras d'un petit nombre d'amis fidéles,
Pirrhus s'éloigne d'un Royaume devenu pour lui une terre ennemie ; il
fuit.... Un torrent impétueux l'arrête
& s'oppofe à fes deffeins. L'onde en-
flée par les eaux d'un orage fe précipite
avec fracas, & déconcerte la tendreffe
de ceux qui portent l'illuftre & malheureux enfant. Il faut le fauver, &
on n'ofe l'expofer à la fureur des flots.
Cependant l'ennemi s'avance à grands
pas, il approche, c'en eft fait...Mais le
fort propice a raffemblé pendant la nuit
quelques bergers fur la rive oppofée
du fleuve ; ils apprennent le danger de

Pirrhus : auſſitôt un frêle batteau d'écorce conſtruit à la hâte vole à l'aide des rames ſur la ſurface redoutable des eaux , reçoit le jeune Prince & ſes compagnons , regagne le rivage d'où il étoit parti , & y dépoſe dans un lieu ſûr le fardeau précieux dont il étoit chargé. Tel eſt le ſujet intéreſſant de cette ſçavante Gravure : mais le génie du Graveur s'eſt appliqué ſurtout à donner à chaque partie les proportions & les graces qui lui conviennent. Les objets les plus proches de l'œil ſont fortement prononcés , & d'un fini qui a épuiſé tout l'art du burin ; les plus éloignés n'ont que les traits de la plus légére eſquiſſe. Artifice ingénieux imaginé pour tromper l'œil du ſpectateur , qui croit apperçevoir des eſpaces immenſes , toute la largeur d'un grand fleuve , entre des perſonnages qui ſe touchent pour ainſi dire dans l'eſtampe , & ſemblent s'y pouvoir donner la main.

L'Artiſte veut-il donner à ſes figures des contours forts & vigoureux qui les rendent agréables , & les garantir de cette maigreur qui en feroit des ſquelettes hideux ? Il faut que le burin morde fortement la planche , & y imprime des tailles profondes. Semblable au laboureur qui pour difposer la terre à fournir aux plantes une féve abondante, & à rendre avec ufure les femences qu'on lui confie, ne fe contente pas d'en effleurer légérement la furface, mais pénétre avec la charuë jufques dans fes entrailles, & forme ces larges fillons qui doivent faire paffer une nouvelle vigueur dans les arbuftes déja avancés, un fuc utile & nourricier dans l'herbe tendre qui vient d'éclore.

Mais le fouverain mérite du Graveur, le comble de fa gloire eft de rendre tous les effets du coloris le plus varié, dans un art qui n'admet que deux couleurs, le noir & le blanc; enforte que l'illufion foit parfaite, & que les objets n'aient pas plus de vérité dans la Peinture que dans la Gravure. Cette vérité fut toujours le but des grands Artiftes. Il la connoiffoit fans doute ce Graveur habile dont la main a tracé le Sauveur du monde affis dans un repas myftérieux entre les deux Difciples qu'il avoit accompagné de Jérufalem à Emmaüs. Chaque partie de l'eftampe a fes beautés propres : coupes, vafes, baffins, tout eſt dans le vrai ; mais quel œil ne prendroit pas le change ſur la blancheur éblouiſſante, ſur le tendre duvet, ſur le tiſſu fini du voile qui couvre la table ? Non, il n'eſt point un ouvrage de l'art ; c'eſt de la toile véritable que j'apperçois, la navette du tiſſerand n'en forme point d'autre.

C'eſt ce vrai, que doit encore chercher, que doit étudier l'Artiſte deſtiné par ſon goût & ſes talens à graver le portrait. Sous ſon burin les cheveux doivent conſerver leur légéreté & leur fineſſe, une flexibilité capable d'en impoſer à l'œil le plus perçant. Ainſi l'art ſe cache-t-il tout entier dans le portrait frappant de ce Héros que la France voudroit avoir produit, & que des travaux glorieux ont élevés au plus haut degré des honneurs militaires. Telle eſt dans l'eſtampe la chevelure, tel eſt le naturel des ornemens que le burin ingénieux a ſçu y ajouter ! Une tête que le buis & la poudre ont décorée, n'offre rien de mieux touché, rien de plus vrai : tous les Dieux protecteurs des arts ont applaudi à ce chef d'œuvre ; Minerve elle-même a ceint d'une couronne d'olivier la tête de l'Artiſte digne

Digne récompenſe d'un talent dont
n'avoit pas beſoin pour plaire le guer-
rier qui plaît tant par lui-même ; mais
dont la figure reçoit néanmoins des
graces qu'il ne ſçauroit déſavouer.

Des traits uniformes rendroient
mal toute eſpéce d'objets : la variété de
ceux-ci doit en mettre dans ceux-là ,
& le burin doit la ſaiſir. Les cheveux, la barbe demandent des tailles légéres , auſſi déliées que le fil le
plus fin. Faut-il exprimer les flots ? La
main mollement conduite en peindra
le balancement par les ſinuoſités de ſes
touches. Les rochers eſcarpés , les
montagnes , les précipices s'annonce-
ront par des traits rompus. Les corps
rabotteux en veulent d'obliques ; les
pierres de quarrés. Les lignes droites
ſont pour les tranſparens ; les plus
tendres , les plus délicates ſont pour
les figures de femmes.

Enfin il eſt des loix , il eſt des principes ſûrs que ſuivra avec ſoin , &
dont ne s'écartera jamais quiconque
voudra s'immortaliſer par des chefs-
d'œuvres , & faire paſſer ſon nom à la
poſtérité.

Le dernier ſiécle a cependant admi-
ré un Artiſte qui plein d'une noble

audace , & foutenu par une adreffe
fupérieure , jointe à un génie puiffant,
abandonna les anciennes routes, &
s'en fraya de nouvelles. Avant lui l'art
ne connoiffoit point d'autre moyen de
rendre dans fa Gravure les divers degrés d'ombre & de lumiére , les différens tons de couleurs que de hacher
& de contrehacher. Un fimple trait
fuffit à Mélan ; ce trait enflé ou dimi-
nüé à propos , lui donne & les ombres,
& les lumiéres , & les couleurs ; fecret
merveilleux employé avec fuccès dans
la tête adorable du Chrift. Une couronne d'épines ceint fon front déchiré ;
fes yeux éteints s'ouvrent à peine , des
ruiffeaux de fang coulent de toutes
parts fur fon vifage ; fes joues livides
en font couvertes , inondées : image
lugubre & parlante , capable d'atten-
drir , de brifer les cœurs , ces cœurs
euffent-ils la dureté d'un rocher ! Production neuve & fublime que le pinceau envieroit au burin , & pour laquelle néanmoins le burin n'a employé qu'une feule ligne. Cette ligne
prife à l'extrémité du nez & habile-
ment conduite en fpire , renferme tou-
tès les parties de la tête , tous les traits
du vifage , & l'horrible diadême , &

le sang qu'il fait couler. Tout est rendu, tout est distingué, tout est fidéle.

La planche altérée par un long usage commence-t-elle à ne rendre qu'imparfaitement les sujets qu'on lui a confié, à ne mettre au jour que des enfans pâles, sans vigueur, dont la foiblesse annonce celle de leur mere ? Que le burin revenant sur ces anciens traits, & reprenant les tailles effacées, leur communique une nouvelle force, & répare par des coups salutaires le ravage de la presse & du tems. Tel est souvent sur une brebis pour qui les plus gras paturages sont devenus insipides, & qui ne donne plus au berger que de maigres agneaux, fruits arides d'un sein desséché par le défaut de nourriture, tel est, dis-je, l'effet heureux d'une incision qui arrache les principes funestes du mal, & fait entrer par une veine ouverte à propos la santé & la vie.

Mais qu'on ne s'attende pas à retrouver dans les épreuves qui sortiront d'une planche ainsi retouchée la netteté, l'élégance du premier trait. On l'attendroit en vain, elle n'y est plus. Ces réparations souvent réitérées diminuent insensiblement, dégradent,

anéantiſſent enfin la beauté des figu-
tes : & tel eſt auſſi ſur un corps ma-
lade l'effet ordinaire des remédes. Ils
guériſſent & affoibliſſent en même
tems. Leurs parties âcres & ſpiritueu-
ſes portées avec le ſang dans les membres & les viſcéres attaquent ſourde-
ment les nerfs, brûlent, tariſſent la
ſource des humeurs vitales, & font
enfin écrouler après bien des ſecouſſes
le frêle édifice du corps humain.

Des mains du Graveur la planche
paſſe ordinairement dans celles d'un
Artiſte ſubalterne gagé pour en tranf-
porter par la preſſe les figures ſur le
papier. Mais ſi le Graveur lui-même ne
veut confier cette opération qu'à ſa
ſeule adreſſe, il doit uſer de certaines
précautions, éviter certains défauts
que je vais indiquer d'après les leçons
mêmes des Maîtres de l'art.

Le premier meuble néceſſaire au
Graveur eſt une preſſe ; elle ne reſſem-
ble point à celles que l'Imprimerie
employe pour répandre les écrits des
Sçavans, & pour tranſmettre aux ſiécles futurs les noms des Auteurs &
leurs ouvrages. L'attelier des grands
Artiſtes en fournira le modéle. La machine doit être du bois le plus dur, &

le plus compacte. Sur deux pieds foli-
des s'élévent perpendiculairement vis-
à-vis l'un de l'autre deux ais aſſez
longs pour dominer toutes les autres
parties : à ces deux ais ſont attachées
dans la moitié de leur longueur deux
traverſes, ſur l'extrémité deſquelles
ſont appuyées des planches en façon
de table ; l'eſpace qui eſt entre les deux
ais eſt occupé par un double cylindre.
Le moment de tirer des épreuves eſt-il
venu ? on inſére entre les deux cylindres une table mouvante ſur laquelle
eſt poſée la planche : on y applique le
papier, que l'on couvre enſuite d'une
étoffe forte & moëlleuſe. Auſſi tôt des
bras nerveux mettent la machine en
mouvement, les cylindres tournent,
crient, agiſſent, & réagiſſent en même tems l'un contre l'autre : la planche pouſſée par le cylindre inférieur ſe
porte vers le papier & s'y attache ; la
feuille comprimée par le cylindre ſu-
périeur, ſe précipite ſur la planche &
s'y cole : tous deux s'uniſſent & ſe ſer-
rent étroitement ; le papier s'imprime ;
l'eſtampe exiſte : eſtampe charmante,
épreuve fidelle qui réunit, & retrace
toutes les beautés du modéle à qui elle
doit le jour.

Les petits détails ne font pas indignes d'un Artiste : dès qu'ils font confacrés par les grands maîtres, il faut les adopter. Que l'ancre deftinée à couvrir la planche foit compofée de l'huile la plus pure, & la plus claire. L'action du feu fouvent réitérée peut feule lui donner la pureté requife. Sans cela l'huile n'étant pas affez liante, coule & s'extravafe ; & l'eftampe à peine fortie de deffous la preffe fe rouille & fe couvre d'un vernis jaunâtre : femblable à cette couleur dégoutante que l'on voit fe répandre fur le vifage, lorfque la bile enflammée fe mêlant avec le fang, paffe de veines en veines & porte fes ravages par tout le corps.

Le moment de l'impreffion a auffi fes dangers. Que fur-tout on empêche l'ancre de s'échaper des tailles : le papier en contracteroit des taches funeftes, & ne repréfenteroit plus que des figures noires & confufes.

Il eft encore de la prudence d'un Graveur attentif à la perfection de fes ouvrages, de ne pas donner à l'ancre le tems de fécher dans les tailles : la planche la plus récemment fortie des mains du Graveur, en pa-

roît toujours dégradée. Cette altération paſſe dans l'eſtampe dont les touches ſuperficielles & mal prononcées,
décélent le mauvais état du modéle.
Ainſi des enfans malheureux héritent-
ils quelquefois ſans l'avoir mérité,
du mauvais tempérament de ceux
à qui ils doivent le jour. Ainſi por-
tent-ils dans une langueur mortelle la
peine des crimes qu'ils n'ont point
commis.

Avant que de faire paſſer ſous la
preſſe la feuille ſur laquelle le ſujet
gravé doit ſe reproduire, il faut lui
faire perdre dans l'eau ſa roideur &
ſa dureté. De-même que la ſurface de
la terre deſſéchée par les ardeurs brû-
lantes du Soleil ne ſe laiſſe que diffici-
lement pénétrer par les premiéres
gouttes de pluye, & qu'inſenſible-
ment ammolie, elle devient enfin capable d'abſorber toutes les eaux du
Ciel; de même une humidité tempérée eſt néceſſaire au papier, qui ſans
cette préparation ne prendroit ni les
couleurs, ni les figures de la planche.

Au reſte le Papier n'eſt pas le ſeul
fond propre à recevoir les productions
de la Gravure ; elles paroiſſent encore
avec avantage ſur le vélin préparé

C iv

dans ces lieux, où pendant ſi long-
tems la ſuperbe Troye donna des loix
à toute l'Aſie, & ſur le ſatin, fruit des
travaux d'un inſecte induſtrieux : mais
le papier, celui ſur-tout que la France
travaille dans ſes manufactures, eſt
préférable à toutes les autres matié-
res. L'Inde fournit auſſi des feuilles
précieuſes, mais l'éloignement des
climats où elles ſe forment les rend
très-rares.

Je dois maintenant développer le
ſecret utile d'enlever aux eſtampes
cette rouille déſagréable que la vétuſté
ou les injures du tems y font naître.
Dans les jours où les rayons enflam-
més du ſoleil embraſent les airs, &
lorſque la canicule fait ſentir à la terre
aride ſes plus vives ardeurs, on étend
ſur une table bien propre l'eſtampe
qui fait l'objet de l'opération ; on l'y
fixe avec des liens aſſez forts pour
empêcher que la feuille volage ne devienne le jouet des vents. Une main
adroite l'arroſe plus d'une fois d'eau
bouillante. Elle paſſe enſuite dans une
eau dont la chaleur eſt plus tempérée,
& elle y demeure juſqu'à ce que ſa
ſurface ait dépoſé au fond du vaſe la
rouille qui la défiguroit, & que le pa-

pier pénétré d'eau se soit purifié de toutes ses taches. Lorsque l'estampe a ac-
quis le degré de netteté & de blancheur
qu'on prétendoit lui donner, on la
suspend à l'air, & on l'expose par le
côté opposé à la Gravure aux rayons
du soleil, afin de lui faire perdre une
humidité qui lui est désormais inutile.
Cette humidité évaporée, on place
l'estampe entre deux cartons solides,
& on la surcharge d'un poids énorme
de plomb ou de marbre, de peur
qu'un espace moins resserré, laissant
trop d'accès au grand air, sa superficie
n'en devienne rabotteuse, & que des
rides désagréables ne lui fassent perdre
cette jeunesse qu'elle vient de recou-
vrer. Tel est l'art de rendre aux figures
d'une estampe précieuse leur ancien
éclat, & leur premier mérite. Ainsi
après une pluye abondante dont un
orage a inondé la terre, voit-on les
campagnes reprendre une nouvelle
beauté : les forêts ont une verdure
plus picquante, le gazon se relève
avec une fraîcheur plus vive, les
rayons du soleil plus brillants répandent sur l'horison une lumiére plus
pure, tout se renouvelle & l'univers
semble renaître.

Cette façon de rétablir une estampe dans sa première beauté, n'est pas la seule : mais je n'entreprends point de les développer toutes ; le tems ne le permet pas, & il est des détails dans lesquels la majesté de la Poësie ne peut descendre. Qu'il suffise d'indiquer un second secret, que l'Artiste puisse employer, si le premier n'est pas de son goût. Lorsque l'étoile du soir se montre, & que les astres de la nuit brillent dans les cieux, on expose au grand air l'estampe maculée ; elle s'y imbibe du serein & des pleurs de l'aurore. Le soleil en reparoissant le lendemain sur l'horison, attire à lui la rosée & avec elle la rouille que l'on vouloit enlever.

Une tache d'ancre défigure-t-elle une estampe rare & estimable ? Il est une autre façon de faire disparoître les effets choquants que produit sa couleur déplacée. On verse légérement sur l'endroit infecté quelques gouttes d'eau-forte ; l'ancre ne tient pas long-tems contre la violence de la liqueur nouvelle. La cire exposée à l'ardeur du feu ne se dissout, ne s'écoule pas avec tant de promptitude. Mais pour prévenir les ravages de l'eau-forte sur les parties de l'eftampe où elle ne doit point agir, ce qui rendroit le reméde plus funefte que le mal, on les arrofe avec de l'eau naturelle, que l'on exprime enfuite avec le linge le plus délié : l'ancre difparoît, le papier reprend fa premiére blancheur, & l'eftampe tous fes agrémens.

Fin du premier Chant.

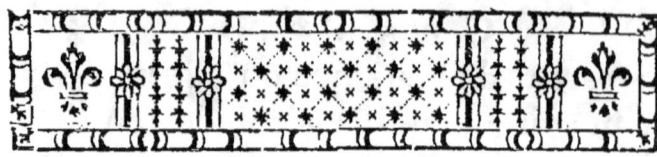

LA GRAVURE
P O Ë M E.

CHANT SECOND.

Apprenez maintenant le nom des Artistes que la Gravure a illustrés, & les qualités diverses qu'elle exige dans ceux qui par elle veulent s'immortaliser.

O Phœbus, c'est encore toi que j'implore ! Favorise de tes regards bienfaisans cette partie d'un travail entrepris sous tes auspices. Soutiens les nouveaux efforts que je vais faire ; & puisque j'ai à chanter ce que chaque siécle, ce que chaque peuple a produit de Graveurs parfaits, inspire-moi des vers dignes du mérite de ces grands Hommes ; donne à mes chants une noblesse égale à leur gloire, une force capable de porter leurs noms dans toutes les parties de l'univers.

Chaque art a ſes opérations propres, & ſuppoſe des qualités différentes. Celles du Peintre & du Graveur ne ſont pas les mêmes. La Peinture veut du génie ; la Gravure demande un œil clair & perçant, une main forte & légere : être dépourvû de ces qualités, c'eſt n'être pas né pour cet art, qui n'emploie & n'illuſtre que ceux qui les poſſédent. Voit-on le Chirurgien dont la vieilleſſe a affoibli la vüe & appeſanti la main, manier encore les inſtrumens périlleux de ſon art, & tenter en tremblant de percer une veine difficile ? Non, il connoît ſa foibleſſe, il la craint, & ceſſe d'o-pérer. Ainſi l'Artiſte qui manque de force dans la main & de juſteſſe dans les yeux doit-il ſe connoître & renon-cer au burin.

La gloire eſt encore le prix de la conſtance au travail. Que le Graveur ſçache aſſez l'eſtimer pour ne pas re-gretter le tems qu'il emploie à perfec-tionner ſes ouvrages. Il eſt des Artiſ-tes impatiens que la lenteur néceſſaire dans leurs opérations rebute & décon-certe : à peine ont-ils en main le burin qu'ils le quittent ; un morceau à peine

ébauché eft condamné par eux à d'éternelles ténebres. L'amour de la gloire ne
connoît point ces dégoûts bizarres.
Quand on court à l'immortalité,
on compte pour rien les momens
d'un travail opiniâtre; on touche,
on retouche fans ceffe une Gravure, & l'on trouve toujours quelque nouvelle beauté a y ajouter. Le
tems du repos arrive enfin; la joie
d'avoir produit un chef d'œuvre fait
oublier les peines qu'il couta Ainfi un
Poëte infatigable, après avoir mis la
derniére main à des Poéfies fublimes
auxquelles il facrifia plus d'une fois les
plaifirs du jour & le repos de la nuit,
perd il le fouvenir des cruels momens
qu'elles lui firent paffer; il brife fa lyre,
il s'admire lui-même dans les productions de fon génie, un coup d'œil fur
fes vers, efface l'idée de fes pénibles
travaux. Ainfi une mére déchargée du
fardeau précieux que renfermoit fon
fein, fiére du tréfor dont elle a enrichi
fa famille, aime-t-elle à fe rappeller
fes douleurs paffées. Elle porte entre
fes bras, elle preffe contre fon cœur
ce tendre enfant qui fait le fujet de fa
joie; elle lui prodigue les plus vives

caresses, & ses yeux toujours fixés sur lui ne se lassent point d'un objet dans lequel son amour lui découvre toujours de nouveaux charmes.

Le génie, ce feu divin qui enfante les chefs-d'œuvres, est un présent de la nature. Mais l'Artiste à qui elle en a moins accordé, ne doit point abandonner le burin, & renoncer à l'immortalité : il est une gloire propre de la correction du dessein. Pour l'acquérir cette correction rare & précieuse, il faut en étudier de bonne-heure les principes difficiles. Dès que la main est capable de soutenir, de conduire le crayon, il faut la faire agir, lui apprendre à imiter, à saisir la nature dans la délicatesse des doigts, dans les contours d'un pied nerveux, dans les parties diverses de l'oreille & de l'œil, dans la légéreté & la finesse des cheveux. Obscures productions, il est vrai, élémens ingrats ; mais qui disposent & forment à l'exécution des grands sujets. J'apperçois entre les mains d'un foible enfant des instrumens de musique ; sa langue sçait à peine bégayer quelques mots, & déja des Maîtres habiles plient sa voix aux difficultés de l'harmonie. Que prétend sa mére par ces études précoces, & rebutantes ? Elle prépare dans l'enfance les talens de fon fils ; l'âge les développera, & alors ce fils capable d'ajouter les graces & le fentiment aux préceptes & aux leçons, enchantera les oreilles par fes accords mélodieux ; & fa mére goutera dans le plaifir fecret de le voir applaudi les juftes fruits de fa prévoyance.

Mais s'il eft permis de marcher fur les traces des grands-maîtres, pourquoi n'efpérera-t-on pas de parvenir au même terme qu'eux ? leurs chefs-d'œuvres fubfiftent encore parmi nous : ils nous les ont laiffés pour modéles. Sçavoir en connoître les beautés, en étudier jour & nuit les touches fçavantes, s'approprier la maniére de ceux que l'on imite, voilà le fecret d'égaler leur mérite, & de partager leur gloire. Ainfi le Poëte qu'une noble émulation anime, & qui afpire à l'honneur de voir ceindre fon front d'un immortel laurier, fe livre tout entier à la lecture des Maîtres de la Poëfie. Ovide, Horace, & le divin Virgile, & tout ce que Rome enfanta de Poëtes célébres, lui donnent tour à tour des leçons ; fans ceffe

il

il les confulte, il pâlit fur leurs ouvrages, & dans eux il puife cette
vigueur, cette force, cette chaleur
vive qui produit les bons vers, &
qui eft l'ame de la Poëfie.

Il eft des génies puiffans, qui riches
de leur propre fond, dédaignent quelquefois une imitation fervile, inven-
tent eux mêmes, & exécutent d'après
ce qu'ils ont conçus. Minerve les place
parmi les Peintres, elle leur accorde
une double couronne; & ils la méritent, puifqu'il eft vrai qu'ils fournif-
fent une double carriére. Tel fut chez
le Batave l'induftrieux Vifcher, le célébre Vifcher, dont la gloire triomphera de la révolution des tems. Tel
fut encore ce Graveur fameux connu
dans tout l'univers, Calot l'honneur
de la Gravure, Calot dont le burin
facile & inventif excella dans le gro-
tefque, & fçut mieux qu'aucun autre
égayer une eftampe par des fujets
boufons. Qui n'a pas vû cette tenta-
tion mémorable, dans laquelle les
habitans des enfers échapés de leurs
cavernes ténébreufes, ne paroiffent
au jour que fous les formes les plus
bizarres & les plus rifibles? Non, on
ne les envifage point fans une fecrette

D

envie de rire. L'un a fur la tête les
cornes d'un taureau, l'autre porte aux
épaules des aîles de chauve-fouris ;
celui-ci traîne après lui une longue
queue de cheval ; celui-là monté fur
des jambes de chévre, & chargé d'un
nez énorme, imite les opérations de
la guerre, & conduit au combat une
troupe de noirs Efprits. Ici c'eft un
Bâteleur, dont l'attitude cinique diver-
tit des fpectateurs fans honte ; là c'eft
un Démon hypocrite qui tient un livre, & qui, la tête enfoncée dans
une ample cucule, affecte le maintien
dévot d'un Hermite en priére. Plus
loin un monftre intrépide debout au
milieu d'un brazier ardent, fouffle &
entretient les flammes qui l'environnent. Un autre eft étendu fur un affut ;
fes entrailles font chargées de poudre
& d'armes meurtriéres, de fléches,
de javelots, de lances aigües. Un
Démon artificier met le feu à la lumiére ; la poudre s'enflamme, éclatte,
& poulfe avec un fracas femblable à
celui d'un canon, une nuée de traits
mortels enve'oppés dans d'épais tourbillons de fumée. Un Fantaffin des enfers en eft atteint, il tombe & perd la
vie, en vomilfant des flots de fang.

Dans l'air paroît le chef des cohortes
infernales. Il domine avec empire ses
odieux sujets ; ses yeux étincelans an-
noncent sa fureur, & de sa gueule
sortent en foule comme d'un vaste
abysme, de nouveaux bataillons qui
se précipitent sur la terre, & en couvrent la surface. Ainsi voit-on pendant
un orage tomber la grêle & la pluye ;
ainsi des milliers d'oiseaux viennent sur
le soir s'abattre dans les forêts. Cependant Antoine se rit de la rage im-
puissante de ses ennemis ; muni du redoutable Signe de la Croix, & couvert
du bouclier impénétrable d'une foi
vive & constante, il met en fuite les
esprits de ténébres, & les force à se
replonger dans les abysmes d'où ils
étoient sortis. Je te quitte à regret,
illustre Calot, & c'est malgré moi que
je passe sous silence les autres chefs-
d'œuvres de ton burin ingénieux : mais
la troupe brillante des Graveurs célébres m'entoure de toutes parts, & sol-
licite le juste tribut de mes éloges & de
mes vers.

A la tête s'avance le grand Alber-
dure : une triple couronne ceint son
front majestueux. Il sçut le premier
manier avec honneur le burin, & par

lui la Gravure commença à s'illuftrer & à plaire. Le Pinceau exerça auffi fes talens, & l'art de cifeler les métaux précieux ne lui fut pas inconnu. Immédiatement après lui paroiffent les freres Bolfwert, Paul & les deux Mathans, Vandalen & Galles, Marin dont la touche eft fi légére, Rembrant, & Muller, & les Sadeler; noms fameux, noms deftinés à vivre toujours, que la poftérité n'entendra point fans refpect & fans admiration.

Mais que vois-je ? Le Cyprès parmi les Lauriers ? Une ombre foible & plaintive, au milieu de tant d'ombres que la gloire environne ? Ah ! c'eft toi : oui, je te reconnois; c'eft toi, immortel Lucas, toi, que la Parque barbare enleva au midi de tes années, & plongea fans pitié dans les horreurs du tombeau. Mufes, donnez des larmes au trifte fort de ce grand homme : s'il avoit pu vraincre la rigueur des Deftins, il auroit triomphé de tous fes rivaux; & fa Patrie, cette Patrie fi féconde en Artiftes, n'en eut point eu qu'elle pût lui comparer.

Vifcher feul peut lui difputer la victoire; ce Vifcher dont le nom déja placé dans mes vers, devient encore ici, & deviendra toujours le sujet d'un nouvel éloge. Et qui mieux que lui posséda les secrets enchanteurs du clair obscur? Qui sçût plus heureusement donner à ses chairs cette tendresse, ces contours moëlleux dont le pinceau seul paroît capable, & qui font trouver dans ses Gravures charmantes les effets séduisans du coloris, & toutes les finesses d'un véritable tableau ?

Voyez l'estampe de la vieille qui fait des beignets. D'un côté est assis auprès d'elle son fils ; de l'autre est son mari qui allume une pipe. L'enfant regarde en silence, & avec une attention vive le met délicieux qui se prépare. L'odeur forte, la couleur irritent son appétit, & déja il voudroit avoir mangé les beignets : mais il n'ose y toucher, parce qu'il craint sa mere. Il réprime donc son impatience, & jeûne par nécessité.

Que dirai-je des autres estampes de cet inimitable Artiste ? Quelles graces, quelle délicatesse, quel naturel ! Je ne puis passer sous silence un chat que le Graveur a représenté dormant profondément. Un rat profite du sommeil de l'ennemi : il sort de sa sombre retraite, & fait de côté & d'autre de rapides excurfions. Quiconque voudra peindre un chat, prendra celui-ci pour modéle, & s'applaudira d'avoir pû le rendre fidélement ; tant il y a de vérité dans fon poil, dans fes barbes, & dans les nuances de fa peau ; & fi mon eftime pour l'Artifte ne me trompe pas, le chat de l'eftampe doit paroître un chat véritable. Tels font au moins ceux qui raffemblés pendant la nuit fur les toits & dans les gouttiéres troublent les courtes heures de mon fommeil par le bruit effrayant de leurs combats, ou par les miaulemens confus qui accompagnent leurs jeux.

Ne crains pas que je t'oublie, ô toi qui partagea les talens de ton illuftre Frere ; Loüis Vifcher tu partageras fa gloire, & je vais décrire un de tes chefs-d'œuvres. C'eft cette fête champêtre, dans laquelle ton burin gracieux a tracé les jeux comiques & la gayeté innocente d'une troupe de payfans. Le lieu de la fçene eft une cabane ruftique : au milieu paroît un ais informe fur lequel eft un large broc plein de cette liqueur charmante qui fait naître la joie & les plaifirs. D'un côté Palémon l'Orphée du Hameau joue du violon : de l'autre Jolas

danfe avec Nife. Ses pieds agiles touchent à peine la terre ; il a la main
gauche paffée derriére le dos , & en
cóurbant gracieufement le bras , l'A-
donis de village préfente la main droite
à Nife. Nife la refufe & recule , &
quoique plus laide que Therfite , Nife
fe donne des graces & veut paroître
belle. Un cercle de payfans entoure
les danfeurs : ils ouvrent une bouche
énorme ; & riants à gorge déployée ,
laiffent appercevoir des dents beaucoup moins blanches que l'albâ-
tre , & une langue qui paroît aller
en cadence & fuivre l'inftrument.
Plus loin eft le Pâtre Menalque : la
faim le preffe ; il tient à deux mains
un morçeau de gros pain ; des dents
aigües lui fervent de couteau , la faim
n'en connoît point d'autre ; & à l'aide
de fes redoutables gencives , il fait à
fon pain de larges entailles. Pendant
que les maîtres fe livrent à la joie ; un
chien & un chat méditent une cruelle
guerre : l'un les yeux fixés fur fon
ennemi , lui préfente des dents for-
midables , prêtes à le mettre en piéces.
L'autre le dos élevé en voûte , figne
terrrible de fa fureur , tire de leur
gaine des griffes longues & pointües.

Oui, l'envie elle-même feroit muette vis-à-vis de cette ingénieuse compofition. Tout y peint le génie fécond & aimable de l'Artifte.

Wofterman place fous nos yeux des morceaux dignes d'attirer nos regards. Les miens aiment à s'arrêter fur un combat de ruftres. Bacchus, leur fureur eft ton ouvrage, & c'eft dans ta liqueur qu'ils ont puifé leur vertu guerriére ; des ongles longs & tranchans, de gros points fermés font l'épée & le cafque des champions : ils fe déchirent impitoyablement le vifage, ils fe font à la tête de larges contufions, les efcabelles fe renverfent, les chapeaux volent en l'air, la table & tout ce qui la couvre tombe avec fracas, & laiffe voir de longs débris de verres & de bouteilles vuides, perte légére pour des mortels aux yeux defquels le vin eft plus précieux que l'or. En vain chercheroit-on une fcéne plus vraie & plus picquante, dans une de ces places publiques rendez-vous commun d'une populace groffiére & brutale, qui en fait fouvent le théatre de fes ignobles batailles.

Reçois dans mes vers, célebre Bloemaërt,

Bloëmaërt, reçois l'hommage que je
dois aux Gravures précieuſes qui ſont
ſorties de ta main. Que tes ſujets
ſoient badins ou ſérieux, toujours on
y reconnoît le grand maître, & Minerve ſemble avoir elle-même conduit
ton burin. Mais c'eſt en particulier
dans les ſujets ſacrés que ton art ecla-
te, perſonne ne t'égale alors, parce
qu'alors tu te ſurpaſſes toi-même. Que
je t'admire ſur-tout, lorſque tu me
repréſentes le Prince des Apôtres plein
du Dieu dont il eſt l'interpréte, & dont
il va manifeſter la puiſſance, ſe prépa-
rant à rappeller à la vie la ʒeune Thabite
déja étendue dans un triſte cercueil.
Une majeſté impoſante eſt peinte ſur le
viſage de Pierre : on lit dans ſes yeux
qu'il médite un projet ſublime, qu'il va
réchauffer des membres glacés, & ra-
nimer un cadavre inſenſible. Figure
noble & frappante faite pour appeller
un œil connoiſſeur, qui ne ſe contente
point de voir une fois ce qu'il voudroit
toujours contempler.

Tandis que je chante les Graveurs fameux de la Hollande, je vois s'avancer
vers moi une nouvelle troupe de Maîtres habiles ; ils viennent des heureu-
ſes contrées de l'Italie ; une couronne

E

de mirthe ceint leur tête brillante. Ainſi les ingénieuſes fictions de laPoeſie nous peignent - elles les ombres fortunées errantes dans les délicieux boſquets de l'Eliſée. Un éclat plus vif diſtingue de tous les autres Albert Cherubin, Caralle, & Frédéric, & Vicus Æneas, & Tempeſte dont le burin hardi ſçut ſi bien graver les batailles, & Villamene, & Marc de Ravennes. C'eſt au burin que ces grands hommes doivent leur gloire : gloire ſolide qui ſubſiſtera tandis que la Gravure jouira des honneurs qui lui ſont dus.

Mais, quel eſt ce mortel dont la ſplendeur efface celle de tous ſes rivaux, & rend ſi fier le climat qui le vit naître? C'eſt Raimondi, ce Raimondi dont le génie enfanta des chefs-d'œuvres dans les premiers jours de la Gravure, & lorſque l'univers ignoroit encore de quels prodiges elle étoit capable. J'en atteſte ce morceau rare, célébré ſous le nom de Parnaſſe, & l'objet des éloges & de l'admiration des plus grands Maîtres. Le double coteau s'éléve majeſtueuſement dans l'air. Sa cime eſt couverte d'arbres verds dont l'épais feuillage répand ſur la montagne une obſcurité myſtérieuſe. Au milieu eſt

Apollon jouant de la lyre. Les Muses
rangées autour de lui forment sa Cour:
Plus bas est la troupe ingénieuse des
Poëtes couronnés de lauriers, Virgile,
Horace, & l'élégant Catule, & le
tendre Ovide, Ovide le Chantre des
amours. Au dessus est assis le divin
Homere. Il chante; la troupe ravie
l'écoute en silence. Un jeune Poëte
sur-tout placé plus près d'Homere prête
une oreille attentive à ses chants su-
blimes. Il craint qu'un seul de ses vers
précieux n'échappe à sa mémoire. Pour
prévenir une perte irréparable, sa
main agile s'empresse de confier au
papier les oracles du Pere de la Poësie.
Oui, s'il est dans l'univers quelque
mortel insensible aux beautés d'un pareil morceau, son esprit n'est qu'un
instinct aveugle, son cœur est de marbre, il est né sous la froide constel-
lation de l'Ourse, dans ces climats
affreux où une neige perpétuelle couvre la terre stérile, où le verseau entretient d'éternels hivers. Pour moi,
charmé de ce spectacle, quoiqu'il ne
soit que le fruit d'une fiction agréable, je m'élève au-dessus du vulgaire,
& je brûle d'une noble ardeur d'être
admis parmi les grands hommes que

j'ai ſous les yeux. Raimondi, il ne manqueroit rien à ta gloire ; ſi ton burin toujours chaſte ne s'étoit exercé que ſur ces innocens ſujets. Ta main coupable le deshonora , en le faiſant ſervir à conſacrer ſur l'airain les forfaits impurs du libertinage , & à mettre au grand jour des productions infâmes dignes des plus épaiſſes ténébres. Les Ris prirent la fuite ; les Graces s'éloignérent ; Venus accoutumée à ne rougir de rien baiſſa les yeux & connut la pudeur ; l'Amour briſa ſon arc & ſes fléches , & éteignit ſon flambeau dans ſes larmes.

Qui pourra, ô illuſtres Carraches, qui pourra atteindre dans ſes vers l'élévation de votre génie, l'étendue de vos talens précieux ? La Peinture leur doit ſans doute beaucoup : mais que ne leur doit pas la Gravure ? L'univers admire vos tableaux & vos eſtampes , il en publie l'excellence & ne décide point ſur l'objet le plus digne de ſon admiration. Auguſtin , c'eſt toi ſur tout que je chante. Si l'on compte le nombre des années , tu fus le dernier des grands Maîtres qui portérent ton nom ; ſi l'on eſtime les talens pour la Gravure, tu fus le prémier. Ainſi en

jugera la postérité en contemplant ton
Enée, ton Mars, ton Mercure. Mais
qu'elle a de charmes pour moi cette
figure adorable du Christ attaché à
la Croix, couronné d'épines, & dont
la tête languissamment panchée sur
l'épaule peint si bien l'excès des tourmens qu'il endure. Aux piéds de la
Croix est un peuple nombreux ; peuple coupable qui reconnoît enfin son
crime, & qui en frappant sa poitrine
exprime la sincérité de son repentir.
Nulle douleur n'égale celle de la Mére
de Jesus. Son Fils n'est plus, tout jusqu'à la vie lui devient odieux. L'horreur du spectacle tragique dont elle
est témoin déchire son cœur, & arrache de ses yeux un torrent de larmes,
larmes puissantes qui feroient couler
celles du fier Sarmate, amolliroient
le triple airain qui couvre son cœur
barbare, & le rendroient accessible
aux traits de la compassion.

N'envie point, ô immortel Annibal,
n'envie point à ton frere les justes éloges que l'univers prodigue à ses chefs-
d'œuvres : les tiens lui sont chers,
& la postérité ne séparera jamais les
noms fameux d'Augustin & d'Annibal
Carrache. Tels les deux fils de Tindare

brillent dans les cieux d'un éclat semblable ; tel Remus partage avec son
frere sa gloire & sa couronne.

Que la Déesse des arts célébre elle-
même l'Artiste fameux qui a si bien représenté dans une estampe vigoureuse
& animée, le triomphe miraculeux de
Constantin sur Maxence l'ennemi de
Dieu, le destructeur de ses Autels, le
plus cruel des Tyrans qui poursuivi-
rent par le fer & par le feu la race innocente des Chrétiens. Déja la trom-
pette guerriére a donné le signal du
combat, les deux armées s'ébranlent
& se mêlent : les épées menaçantes,
les casques, les boucliers brillent de
toute part ; une ardeur égale anime les
deux partis. Transporté d'une fureur
aveugle le soldat affronte la mort,
s'élance à travers une grêle de fléches
meurtriéres, & taille en piéce tout ce
qui se présente. L'un bande son arc redoutable, le trait part & va percer
le cœur d'un infortuné soldat : l'autre
agite rapidement son épée sanglante,
le coup mortel est prêt de tomber,
on le prévient, un soldat nerveux
renverse son ennemi de dessus son cheval, y monte & s'en sert pour voler
à de nouveaux exploits. Constantin

reconnoiſſable à ſon brillant diadême eſt à la tête de ſes troupes. Il les anime par ſes diſcours & par ſes exemples : il eſt ſûr de vaincre ; Jeſus-Chriſt eſt pour lui. La victoire balance néanmoins quelque tems. Les bleſſures, la honte de céder réveillent le courage & inſpirent une nouvelle ardeur. Tel un lion frappé d'un trait mortel devient furieux à la vuë du ſang qui coule de ſa playe profonde. Son poil ſe dreſſe, les forêts retentiſſent de ſes rugiſſemens ; il va, revient, court, s'agite, aſſouvit ſa rage ſur tout ce qu'il apperçoit, déchire & met en piéces les toiles qu'on oppoſe à ſa fuite ! Ainſi le ſoldat n'écoutant que la haine & la fureur, s'acharne à la perte de ſon adverſaire, & employe contre ſes jours tout l'effort de ſes armes. Les cris aigus des mourans augmentent l'horreur du carnage, l'air en retentit, & la terre épouvantée y répond par de lugubres gémiſſemens. Le Tybre arrêté dans ſa courſe, & forcé de s'ouvrir un paſſage à travers d'horribles monceaux de cadavres, écume, bouillonne, & ne porte à la mer que des flots de ſang Le Ciel ſe déclare enfin pour Conſtantin ; un évé-

nement imprévu termine le combat
& décide la victoire. Maxence fuit devant fon rival, & pour fe dérober
à fon bras formidable, il tâche de mettre entre fon vainqueur & lui un pont
qu'il a fait jetter fur le Tybre. Au moment qu'il y paffe, les liens qui affem-
bloient les poutres fe lâchent, le pont
s'écroule, tombe avec un horrible fracas & entraîne dans fa chûte violente
& les cavaliers & les chevaux. Maxence eft enveloppé dans le tourbillon
rapide, il périt, & les eaux fanglantes
du fleuve deviennent fon tombeau.

Pourrai-je t'oublier célébre Rota,
toi dont le burin l'emporta fur tous
les autres, quand il s'agit de réduire à
peu d'efpaces les fujets les plus étendus, & de tracer des figures fans nombre dans une eftampe bornée. Les objets
en paffant de la toile fur l'airain, changent par ton art magique de nature &
de proportions. Un géant devient un
nain; le plus gros cable n'eft plus qu'un
fil délié & imperceptible; les Palais fe
métamorphofent en petites cabanes,
& les plus grands vaiffeaux en bat-
teaux légers qu'un moucheron cou-
vriroit de fes aîles, qu'une goutte
d'eau fubmergeroit & feroit difparoî-

tre. Ainſi gravas-tu autrefois l'appareil formidable des vengeances de l'Eternel, & la ruine de l'univers prêt à rentrer dans le cahos. Sujet grand & terrible, dont le fier pinceau de Michèl-Ange avoit orné une voûte immenſe, & que ton burin merveilleux a renfermé tout entier dans les bornes étroites d'une eſtampe. Il a tout rendu, & les bataillons divers de l'armée céleſte, & la troupe nombreuſe des anges rebelles ; chaque partie eſt diſtinguée, chaque objet occupe le lieu qui lui eſt propre, ſans ſe mêler, ſans ſe confondre ; & il regne dans le tout enſemble un parfait accord, & un repos agréable.

Mais d'où part cette lumiére vive & abondante qui éclipſe tout l'éclat de la Hollande & de l'Italie ? Un peuple entier d'Artiſtes fameux couronnés de roſes & de lys s'offre à mes regards ! Ah, je reconnois ma patrie ; tant de richeſſes, tant de ſplendeur ne conviennent qu'à elle. Je vous ſalue, ombres généreuſes, manes reſpectables, je vous ſalue, & je vous conſacre le reſte de mes éloges. France, ce ſont tes enfans, contemple avec complaiſance ces heureux fruits de ta fé-

condité. La troupe immortelle eſt conduite par Audran , Audran le plus
digne d'être à ſa tête. Un cercle d'or
ceint le front de ce chef illuſtre,
& répand ſur toute ſa perſonne une
lumiére éblouiſſante ; autour de lui
vole un eſſain folâtre de génies. Fiers
du noble emploi qui leur eſt confié,
ils portent avec grace & déployent
majeſtueuſement les grands morceaux
de l'Artiſte fameux , les monumens de
ſa gloire, & les chefs-d'œuvres de ſon
adreſſe. Ici , je vois Alexandre monté
ſur un courſier agile, & ſuivi d'une
jeuneſſe guerriére, il s'élance avec une
noble ardeur ſur des bataillons ennemis , & brave pour les atteindre la
rapidité d'un fleuve impétueux. Là,
armé d'un large bouclier & d'une épée
terrible, il fait fuir devant lui comme
un troupeau timide la Nation entiére
des Perſes. Ailleurs, vainqueur d'un
Monarque puiſſant, il lui préſente ſa
main Royale, & le traite lui-même en
Roi. D'un autre côté, la ſuperbe Baby-
lone ouvre ſes portes au Héros d'Ar-
belles, il y entre ſur un char brillant,
& avec tout l'appareil du plus beau
triomphe. Heureux le Brun , ton bonheur égale celui du Vainqueur de

Troye. Homére a chanté les exploits
d'Achille, Audran a gravé tes batailles.
Le burin du Graveur n'eſt pas au-
deſſous de la lyre du Poëte ; le Peintre n'a rien à envier au Héros.

‹ Duchange, la Gravure t'aſſûre auſſi
une place diſtinguée parmi tes illuſtres compatriotes, ton nom ne ſera
point effacé par le leur, & le ſacrifice
de Jephté gravé d'après un grand maître, égalera ta gloire à celle de ton modéle. La jeune Vierge deſtinée au ſacrifice eſt debout & ſe prépare à monter à
l'autel : ſes yeux élevés vers le ciel
diſent qu'elle meure contente, puiſ-
que ſon ſang doit appaiſer le courroux
de l'Eternel. Autour d'elle pleurent
ſes compagnes affligées. L'une lui tient
la main, la preſſe dans les ſiennes,
& y cole tendrement la bouche. L'autre ſuſpendue à ſon col lui prodigue
d'aimables careſſes, & en reçoit à ſon
tour. Leurs regards, leurs actions décélent l'amour mutuel qui les anime.
Le Grand-Prêtre, les mains appuyées
ſur l'Autel funeſte, gémit du cruel
devoir que lui impoſe ſon miniſtère ;
il prie, & tâche de fléchir la colére
du Dieu d'Iſraël. Jephté, le malheureux
Jephté eſt placé entre l'Autel & ſa

fille : des torrens de larmes coulent
des yeux de ce pere infortuné : l'excès
de fa douleur eft peint fur fon vifage ;
il défavoue fon vœu téméraire , &
femble acuser le ciel de trop de rigueur pour lui. C'eft ici, oui , c'eft ici,
que le burin difpute au pinceau le
pouvoir charmant d'arracher des
pleurs à un fpeétateur fenfible , qui
retrouve dans l'eftampe toute l'expreffion , tout le fentiment , tout le
naturel du tableau.

Où m'entraîne Picart ! je le vois
couvert de lauriers , la gloire l'accom-
pâgne , & Minerve le couronne. Mufes , donnez vos pinceaux les plus fins,
préparez vos plus vives couleurs , j'ai
à peindre cette eftampe admirable
dans laquelle Picart a repréfenté les
ravages de la pefte parmi ce peuple facrilége qui ofa enlever l'Arche
fainte des Hebreux. Dans le fond
paroît la ftatue coloffale de Dagon
renverfée au pied de fes autels , la
tête & les bras féparés du corps. Un
peuple fuperftitieux affemblé autour
des débris honteux de fon idole , s'é-
tonne de fa chûte , & gémit de voir
fon Dieu terraffé par un Dieu plus puiffant. Rien dans l'eftampe ne manque à

l'expreſſion de cette douleur mêlée de ſurpriſe. Sur le devant eſt un Philiſtin brûlé des ardeurs de la fièvre, & en proie au poiſon qui le conſume. Il ſe ſoutient ſur le coude, une ſtupeur ſiniſtre tient ſes yeux fixés ſur un même objet; ſes membres décharnés préſentent un ſquélette hideux, & déja la pâleur de la mort eſt répandue ſur ſon viſage. Cette pâleur eſt renduë avec beaucoup de vérité. A côté de ce mourant, ſont étendus ſans vie un enfant & ſa mère : de leurs cadavres s'exhale une odeur infecte : parens, amis, tout s'eſt éloigné, tout a pris la fuite. Si la curioſité conduit encore quelque ſpectateur dans ces lieux funeſtes, il n'en approche qu'en ſe bouchant les narines, qu'en fermant le paſſage à la vapeur peſtilente qui s'éléve autour de lui, & qui pénétrant dans ſes veines y porteroit la corruption & la mort. En le regardant on partage ſa crainte, & on imite ſon geſte ; effet admirable de l'expreſſion qui régne dans l'une & dans l'autre. Cependant une troupe innombrable d'animaux immondes, des rats, inſtrument terrible de la vengeance du Ciel, ſe répandent dans tous les quartiers de la Ville, déclarent la guerre au citoyen coupable, le chaſſent de ſa maiſon, & ſouillent tous les lieux où ils pénétrent.

Mais quelle eſt cette fille qui oſe diſputer aux homme le prix du genie & de l'adreſſe ? C'eſt Stella ; ſes beaux cheveux ſont treſſés avec des fleurs, & le tendre mirthe orne ſon front. Que la troupe enjouée des Amours ſe léve, que les Grace elles-mêmes préparent ſon triomphe, & rendent à ſes talens les honneurs qu'ils méritent. Le fuſeau & la navette n'occupérent jamais ſa main délicate : le burin & le crayon firent toujours ſes délices, & des chefs-d'œuvres de Gravure furent les jeux de ſon enfance C'eſt à elle que nous devons ce Moïſe, dont la main puiſſante force les loix de la nature, pour appaiſer la ſoif ardente d'un peuple altéré, & prêt de ſuccomber ſous les fatigues d'un long & pénible voyage. Du ſein d'un aride rocher ſort à grands flots une eau pure & claire. Un jeune Iſraëlite s'empreſſe à la recevoir dans une urne profonde : un autre frappé du prodige, étend les bras, contemple avec reconnoiſſance le ruiſſeau qui vient de ſe former, &

les genoux en terre adore l'auteur du
bienfait. Celui-ci boit avidement la
liqueur falutaire ; il femble craindre
qu'on ne lui dérobe fon urne précieufe,
& il la ferre étroitement entre fes
bras. Son vifage, fon attitude peint
la foif qui le brûle. Ailleurs un vieillard refpectable léve les yeux au ciel,
& lui demande des fecours qu'il n'at-
tend que de fa bonté. Le refte du peuple eft répandu en grouppes de côté &
d'autre. Sa foif eft extrême ; mais fa
foibleffe le rend incapable d'aller pui-
fer les eaux après lefquelles il foupire.
Tout dans cette eftampe fpirituelle
refpire une trifteffe dont l'impreffion
eft auffi vive fur le fpectateur, que
celle qu'il éprouve en contemplant le
tableau lui-même.

Entreprendrai-je de chanter ici tous
les Graveurs illuftres que la France vit
naître de fon fein ? Mais qui pourra les
compter ? Le char enflammé du foleil
arrivé depuis long-tems au terme de
fa carriére auroit laiffé à la nuit l'empire de l'Olympe, qu'il me refteroit
encore des noms fameux à célébrer.
Les Poilly & Chateau, & le grand
Nanteüil également cher aux Mufes
& à la Déeffe des arts, Poëte élégant,

Graveur habile , fçachant fe délaffer
avec la lyre des travaux du burin.
L'univers n'oubliera jamais Edelinck ,
& Spierre,& Drevet connu par fon talent pour le portrait , & tant d'autres
Artiftes diftingués que ma Mufe paffe
à regret fous filence.

Qui pourroit cependant te refufer
des éloges à toi dont l'art divin a
repréfenté Jefus-Chrift guériffant les
malades , & mettant en fuite d'une
feule parole les maux funeftes qui
affiégent de toutes parts l'humanité.
Nymphes de la Seine répandez à plei-
nes mains autour de lui les lys les plus
beaux ; que le Myrthe & le laurier
forment la couronne du Graveur que
je chante. Mais fur quel partie de
fon ouvrage arrêterai-je d'abord mes
regards. Il n'en eft aucune qui ne les
attire & ne les enchante : ici c'eft un
vieillard infirme qui tend les bras
vers le Fils de Dieu fouverain Arbitre
de la vie & de la mort ; fon attitude
parle pour lui , & exprime l'objet de
fes vœux. La c'eft une femme timide
humblement profternée aux pieds du
Sauveur ; elle touche la frange de fa
robe , cela fuffit à fa foi, elle en efpére
la faveur qu'elle défire. On place fous
les

les yeux de Jefus-Chrift un Paralyti-
que étendu fur un grabat ; il n'afpire
qu'au bonheur de faire tomber fur lui
un des regards du Médecin des corps &
des ames, regards puiffants qui rendront
leur première vigueur à fes membres
arides, & rappelleront cette fanté précieufe qu'il cherche. Cependant du
même air dont il appaifoit la mer
irritée, Jefus-Chrift commandé aux
maladies d'abandonner les malheureux mortels qui font leurs victimes ;
il confole les uns, inftruit les autres,
& par-tout fa main généreufe répand
les graces & les bienfaits. Placé entre
le tableau & l'eftampe, l'œil auroit
peine à décider lequel eft le plus digne
de le fixer. Ainfi les rayons du foleil,
réfléchis fur un nuage épais & chargé d'eau, y forment l'image de ce bel
aftre. L'univers voit avec furprife le
foleil nouveau qui l'éclaire; le facri-
ficateur Méde fe trouble, ne diftin-
gue plus fon véritable Dieu, & ne
fçait auquel offrir fon encens & fes
facrifices.

O vous que la Parque n'a point
encore enlevé à l'empire des arts,
vous qui faites aujourd'hui la gloire
de votre fiécle, Graveurs fameux,

F

pardonnez fi ma Mufe difcrete ne m'infpire ni pour vous ni pour vos ouvrages. Je dois facrifier le plaifir de vous louer à la crainte d'offenfer ceux que je ne louerois pas : par vos chefs-d'œuvres mieux que par mes vers la poftérité connoîtra l'excellence de vos talens ; c'eft à ces chefs-d'œuvres que j'abandonne le foin de publier votre gloire.

Fin du fecond Chant.

LA GRAVURE
POËME.

CHANT TROISIE'ME.

JE confacre les derniers Sons de ma Lyre à célébrer les ufages & les agrémens divers de la Gravure.

Elle orne le Cabinet des fçavants ; elle ajoute à la gaieté d'une riante maifon de campagne ; les plus beaux Palais s'embelliffent encore de fes traits, & dans les charmes puiffans qui l'accompagnent, le Citoyen laborieux ou mélancolique trouve des délaffements dans fes travaux, & un reméde contre fes ennuis. La fombre trifteffe, l'inquiétude à-t-elle des nuages que n'écartent, que ne diffipent les illufions victorieufes de ce bel Art ? La nature entiére fe prête à fes enchantements, & fournit à la variété de fes spectacles. Ici c'est un ruisseau qui se précipitant du haut d'une colline escarpée, serpente dans la plaine entre deux rives couvertes de mirthes & de saules : là ce font les flots de la mer irritée qui viennent se briser avec fracas contre des rochers inébranlables; l'œil les considére sans effroi, & le spectateur tranquille se rit comme dans le port, des horreurs de la tempête : tantôt c'est un riant point de vue formé par d'épaisses forêts, qui dans le sein de la Ville retracent, & font gouter les délices de la campagne ; tantôt à l'aide d'une Carte sçavante, & guidé par le flambeau de la Géographie, l'esprit parcourt les régions diverses du Globe de la terre, & franchit les espaces immenses de l'Ocean : les rochers, les montagnes s'applanissent, & découvrent au voyageur curieux des peuples, & des mers qu'il ne connoissoit pas. Quelquefois on quitte la terre ; élevé au dessus des nues on pénétre dans l'empire des Astres, on contemple de près, on suit la course rapide des Etoiles, & l'on voit rouler autour de soi leurs masses enflammées, sans que la frayeur altére le plaisir de la curiosité. Ainsi parcourt-on en assurance toutes les parties d'une vaſte Cité. L'air n'a point de volatiles, la terre ne porte point de quadrupédes, les profonds abîmes de la mer ne renferment point de monſtres, qui par l'art merveilleux du burin ne deviennent pour nos yeux une ſource délicieuſe de plaiſirs. Mille eſpéces d'animaux divers naiſſent ſous ſes traits, & le Tigre & le Léopard ; le Linx à la peau mouchetée & le Chameau ; le Serpent tortueux, & l'énorme Baleine, telle qu'elle ſe montre quelquefois aux Matelots effrayés, ſillonnant avec bruit la ſurface écumante de l'Ocean, & pouſſant de ſes larges narines des flots d'onde ſalée.

Oublierai-je ces plantes, ces fleurs aimables que la Gravure multiplie à nos regards enchantés ? Non le vif coloris, l'odeur exquiſe d'un partére orné par la nature elle-même, n'offre rien de plus ſéduiſant & de plus agréable.

Il ſentoit tout le prix de cette variété de ſpectacles, le ſage mortel, qui dans un de ces lieux fertiles qu'arroſe la Seine en portant à la mer le tribut de ſes eaux, conſacra ſes jours au culte de Flore, & fit d'un riche parterre l'objet de ſes plus tendres ſoins. Ses pre-

miéres années, ces années qui ne font
point celles de la fageffe, s'étoient
écoulées au milieu des plaifirs trompeurs, & dans les fourdes intrigues de
la Cour : la raifon & l'expérience ne
lui avoient point encore appris à fuir
une terre ingrate, & funefte à ceux
qui l'habitent. La vertu s'étoit enfin
montrée à lui ; vaincu par fes charmes
puiffants, il s'étoit attaché à elle, &
loin du tumulte qui regne dans le Palais des Rois, il goutoit la douceur
pure d'une vie privée. Si fes yeux fe
tournoient encore quelque fois fur le
féjour qu'avoit abandonné fon cœur ;
c'étoit pour verfer des larmes fur le
fort de tant d'infortunés mortels encore enveloppés dans les tourbillons rapides de la Cour, de cette mer toujours
orageufe, pleine d'écueils cachés, &
fameufe par de triftes naufrages. Ainfi
le voyageur échappé aux tempêtes vio-
lentes, à tous les périls d'une longue
courfe fur l'Ocean, & affez heureux
pour aborder au port qui faifoit l'objet
de tous fes vœux, s'élance avec préci-
pitation du vaiffeau fur le rivage, em-
braffe la terre, & dans le fein du bonheur dont il jouit, s'attendrit fur le
malheur de ceux que des trajets im-

menses séparent encore du port & de
leur patrie.

Livré tour à tour au goût délicieux du
jardinage & des beaux arts, le nouvel
Hôte des champs regrettoit les années
où ses travaux avoient eu des objets
moins innocens, & réparoit avec usure
par des occupations utiles, la perte de
tant de momens précieux sacrifiés à de
stériles amusements. Tantôt sa main
bienfaisante portoit de l'eau aux plantes
altérées : tantôt ses yeux fixés sur des estampes précieuses contemploient avec
admiration les chefs-d'œuvres des célébres Artistes, attachés avec grace, placés
avec ordre dans ses appartements, &
munis d'un verre brillant pour en rendre l'éclat plus vif. Ce n'est pas cependant qu'il ne fit cas des ouvrages des
Peintres & des Sculpteurs ; amateur
délicat il sçavoit en priser toutes les
beautés : mais la Gravure avoit pour
lui plus de charmes ; parce que dans
un espace plus etroit elle lui offroit
plus d'objets à la fois, & qu'elle
peut suppléer aux tableaux mêmes &
aux statues, dont elle représente les sujets divers. Ses premiers pas au lever
de l'Aurore, étoient pour ses fleurs ché-
ries, le Soleil parvenu à la moitié de

sa courſe le voyoit encore auprès d'elle ; la fin du jour le rappelloit à ſon parterre, & la foible lueur des aſtres de la nuit éclairoit les derniers ſoins de ſa tendreſſe. Une goute cruelle, une toux importune, fruits amers de ce repas délicieux autrefois prolongés aux dépens de la ſanté & de la vie, quelque maladie enfin enchaînoit-elle ſur un lit ſes membres affoiblis? Des eſtampes gravées de ſa main faiſoient éclore autour de lui des fleurs ſans nombre les Lys, & le Soucy, & la Violette & L'hyacinthe ; objets gracieux qui ſuſpendoient ſes douleurs, & charmoient ſes ennuis ; imitation heureuſe de la nature, fleurs inacceſſibles aux rigueurs de l'hyver, au pluvieux vent de Midy, aux ardeurs brulantes du ſoleil. Borée l'impétueux Borée éxerce ſes fureurs dans le ciel & ſur la terre, il déracine le Chêne ſuperbe, il porte le ravage dans le ſein des plus belles forêts: mais ſon ſoufle glaçant ne peut rien ſur la beauté immortelle des fleurs qui naiſſent ſous le burin.

Que le Marbre le plus précieux de l'Orient, que le plus brillant criſtal ſe diſputent donc l'avantage de décorer

un

un Palais superbe ; que des yeux éblouis
par l'éclat du luxe ne trouvent de beauté que dans ces appartemens où l'or &
l'Ebéne prodigués étalent toutes leurs
richesses, & font disparoître la pierre ;
les miens préféreront toujours au pom-
peux appareil de l'opulence, ces ornemens simples ; mais piquans, que répand une suite d'estampes précieuses,
couvertes d'une glace unie qui reléve
la finesse de la Gravure, la mette à
couvert de la fumée & soit un rempart
contre la funeste audace des insectes.

Oui, quel que soit en matiére de
spectacle l'objet du goût & des desirs ;
la Gravure a de quoi les satisfaire :
elle est une source intarissable de plaisirs, & de plaisirs faciles. Aime-t'on les
scénes effrayantes de la guerre, & les
jeux cruels de Mars ? Une estampe en
place sous les yeux les théatres san-
glans, des assauts furieux, des siéges,
des batailles. Cherche-t'on à s'instruire
par les monumens de l'histoire ? Le
burin les produit en foule, & peut
sans s'épuiser en fournir à l'esprit le
plus avide de connoissances. Se plaît
t'on à contempler les belles ordon-
nances, les productions majestueuses
de l'Architecture ? La Gravure dépo-

G

fitaire des thréfors de ce bel art, développe en un instant ce qu'il y a de plus magnifique & de plus hardi, des Palais dont les combles se perdent dans les nues. La Religion, la joie publique emploient ses traits pour perpétuer le souvenir de leurs cérémonies & de leurs fêtes. Ici j'apperçois une marche lugubre de Citoyens consternés. La piété les conduit aux Temples; ils poussent de tristes soupirs aux pieds des Autels, & leurs vœux ardens demandent à l'Eternel la santé d'un Prince qui leur est cher. L'air retentit de cris plaintifs; mille flambeaux allumés répandent au loin dans la campagne un éclat funébre. Un autre spectacle frappe mes regards, c'est le triomphe de LOUIS. Accompagné de la Victoire, & porté sur un char magnifique, il entre dans la Capitale de son Empire; la majesté de sa taille, la noblesse de ses traits distinguent le Monarque vainqueur des Courtisans qui l'environnent. Autour de lui s'assemblent en foule de tendres sujets empressés à le voir & à lui témoigner leur amour. Tous les états, tous les âges font confondus, l'excès de la tendresse fait oublier les distinctions;

d'épais tourbillons de poussiére s'élévent jusqu'aux nues & obscurcissent les rayons du Soleil.

Le cœur insensible aux spectacles profanes, ne se laisse-t'il toucher que par des objets qui nourrissent la piété & la religion ? La Gravure peut encore fournir des alimens à l'ardeur divine qui le dévore. Elle retracera le souverain Maitre de la Nature, & l'arbitre des Rois, tantôt naissant dans une vile chaumine, & réduit aux foiblesses de l'enfance, tantôt chassé de sa patrie & cherchant un asile dans une terre étrangere ; ici annoncant à une aveugle nation les vérités éternelles, là étonnant par la sublimité de ses Oracles les interprétes même des Loix.

Elle peindra les combats glorieux des premiers Héros du Christianisme ; les uns immolés par le fer des Tyrans ; les autres errans dans les déserts & dans les forêts. D'un côté j'apperçois de pieux Solitaires livrés au deuil & à la pénitence. Les souffrances font leurs délices ; la priére est leur unique occupation. Quelques racines améres, quelques fruits sauvages, voilà leurs mets exquis ; l'eau

d'un ruiſſeau les déſaltére ; le creux
d'un rocher leur ſert de retraite ; la
terre eſt le lit ſur lequel ils repoſent ;
une pierre ſoutient leur tête appeſan-
tie. Mais c'eſt dans le ſein même de la
ſouffrance qu'ils trouvent le vrai bonheur ; le ſaint amour adoucit leurs
peines ; un fleuve de paix coule dans
leur ame : paix délicieuſe qui change
l'amertume en douceurs, & dont on
ne peut bien exprimer la vertu, parce
qu'on ne ſçauroit bien la comprendre.

Un autre ſpectacle plus touchant
encore vient frapper ma vue & attire
toute mon admiration. Au milieu des
bourreaux armés d'inſtrumens de ſupplices je vois une troupe de Héros chrétiens ſacrifier avec joie leur vie pour la
défenſe de la religion qu'ils profeſſent,
& acheter un laurier immortel au
prix de quelques inſtans de ſouffrances.
On perce, on ouvre, on déchire à celui-
ci les pieds & les mains avec des cloux
aigus : ſuſpendu entre le Ciel & la terre, il meurt en répandant des flots de
ſang. Celui-là plongé dans l'huile bouillante trouve en quelque ſorte deux
ſupplices en un ſeul, & meurt tout à la
fois au milieu des flammes & des eaux.
Ici c'eſt un ſoldat armé d'un glaive

tranchant qui fait voler une tête ; là c'eſt un licteur brutal qui un peigne de fer en main déchire impitoyable- ment des entrailles palpitantes. Au- près de lui j'apperçois un tendre en- fant dont les membres délicats écar- telés par des chevaux rapides enſan- glantent la terre. Plus loin c'eſt un jeu- ne homme qu'on précipite du haut d'une roche eſcarpée. L'un expire ſous les coups redoublés de la hache meur- triére ; un autre étendu ſur des braſiers ardens ſouffre une mort lente & cruelle : on prolonge ſon martyre pour prolonger ſes douleurs. Le papier en- ſanglanté n'offre partout à mes yeux que des images lugubres : mais ce ſont ces images mêmes qui font naître dans mon ame un généreux mépris de la vie. Héros magnanimes , que ne puis-je partager vos tourmens pour partager votre couronne ? Je me ſens animé à marcher ſur vos traces ſan- glantes ; votre exemple m'enflamme , & c'eſt à la Gravure que je ſuis rede- vable du feu divin qui embraſe mon cœur.

Ne diſputons pas au pinceau le pou- voir d'offrir aux yeux de ſemblables prodiges , mais que les plaiſirs qu'il

procure font bornés, qu'ils s'achetent
chérement! Le Burin les multiplie, &
il en coute moins pour les goûter. Les
plus vaftes appartemens, des Galeries
immenfes renfermeront-elles jamais
autant de tableaux, que le moindre ré-
cueil contient d'eftampes, & ce re-
cueil peut être l'abrégé des merveilles
de l'univers.

L'Imprimerie fe pare auffi des beautés de la Gravure, & le meilleur ouvrage en reçoit toujours des agrémens. Ingénieux Pines, ta main délicate à fçu les répandre fur les
poëfies immortelles du Lyrique Ro-
main. Horace, le grand Horace paroît aujourd'hui à nos yeux plus brillant & plus aimable. Lui-même rendu
à la lumiére s'applaudiroit des heureux effets de ton art, & croiroit
voir fleurir fur fa tête de nouveaux lauriers. Un pareil éclat t'eft réfervé, illuftre Lafontaine, lors que des Artiftes célébres comblant enfin nos ef-
pérances qu'ils entretiennent depuis
long-temps, nous montreront à la tête de chacune de tes fables la figure
des Acteurs que tu introduis fur la
fcene. Tes vers élégans nous feront
entendre leurs Dialogues; une Gra-

vure délicate nous peindra leurs geftes
& leurs mouvemens : ici le Loup féroce
attaquant avec fureur l'Agneau timide ; là le Renard artificieux flattant le
crédule Corbeau pour le tromper plus
furement, & lui enlevant enfin fon
fromage, digne récompenfe d'une in-
génieufe fourberie ; ailleurs le plus
ftupide des quadrupédes fier des fi-
mulacres dont il eft chargé marchant
la tête haute, admirant fon encolu-
re, & prenant pour lui l'encens &
les priéres qu'un peuple fuperftitieux
n'offre qu'à l'image de fes Dieux.

Mais quoi ? m'arrêterai-je aux moin-
dres avantages de la Gravure, lorfque
des objets plus précieux & plus inté-
reffans demandent mes vers ! le burin
ne fçait-il donc que plaire aux yeux
& amufer l'efprit ? il fçait encore par
l'accord le plus heureux joindre l'utile
à l'agréable, & par lui un feul art devient l'appui de tous les autres. Et que
font devenus ces merveilles du pinceau tant célébrées dans l'antiquité ?
Refte-t'il encore aujourd'hui quelques
traces de la Venus d'Appelle, du Ja-
lyfe de Protogéne, de l'Iphigénie de
Timanthe, du Voile féduifant de Par-
rhafius, des Raifins de Zeuxis, de tant

d'autres chefs-d'œuvres de Peinture qu'enfanta le premier âge des beaux arts ? Ils ne font plus ; & les Artiftes & les ouvragés font devenus la proie du temps. O vous que le Ciel propice fit naître dans des fiécles plus heureux, Peintres de nos jours reconnoiffez le bienfait des Dieux ; votre gloire triomphera du temps & de l'oubli, votre nom fera connu de la poftérité, & la Gravure ne laiffera point flétrir fur vos têtes illuftres les lauriers dont on les couronne aujourd'hui. Lorfqu'enfin vos raviffantes Peintures, fruits admirables de l'adreffe & du génie auront fuccombés fous le nombre des années, l'univers fupris les retrouvera, les admirera encore, non plus fur une toile animée par des couleurs parlantes, mais dans une eftampe fidelle & dans les traits immortels du burin. Rivaux clandeftins, ennemis jaloux, envain vos mains téméraires dans ce cloître où *Bruno* femble refpirer encore, fe font-elles efforcées de défigurer les fçavantes peintures du Zeuxis des François & d'enfevelir dans un éternel oubli fon nom & fa mémoire; le burin a réparé les maux que votre rage a faits, & la gloire du Sueur por-

tée fur les ailes de la renommée ira
malgré vous jufqu'à nos derniers ne-
veux.

Les Dieux, je le fçais, les Dieux ont
revélé à un mortel l'art merveilleux
de prévenir les derniers outrages du
temps, & de conferver aux peintures
leurs graces, & leur prix. Une main
adroite les enléve à un plafond qui
fe dégrade, ou à des planches altérées par les vers, & les tranfporte fur
un fond plus folide. Ainfi un Arbufte
arraché de la terre où il eft né devient-
il capable par les foins d'un jardinier
habile de jetter de profondes racines
dans le fol étranger où on le tranf-
plante, & d'y produire des fruits délicieux. Ainfi un rejetton languiffant
retranché d'un arbre aride, croît & fe
fortifie fur une tige plus vive & plus
fertile.

Mais la main qui ne peut fouftraire à
la corruption un chef-d'œuvre de Peinture, eft-elle affez puiffante pour le
multiplier, pour faire connoître à toute la terre les talens de l'Artifte? Non,
cette gloire n'appartient qu'à la Gravure, & c'eft ici qu'elle triomphe.
Quelle fuite de merveilles vient frapper
mes regards! La toile a-t-elle reçu du

pinceau ſes derniers traits ? Porté par la
Gravure, le tableau ſe répand bientôt
dans toutes les villes. Il pénétre chez
le Germain & chez le Batave ; déja
l'intrépide Anglois le poſſéde ; il paſſe
juſqu'aux peuples barbares qui habitent les riches bords du Gange, & du
Nil ; Le Chinois ſitué aux extrémités
de l'Orient, le Scythe féroce le contemple & l'admire. Le Peintre connu
de toutes les Nations, célébré dans
toutes les langues voit croître pour lui
des lauriers dans tous les climats.

Le fer ou le feu, quelqu'autre coup
du ſort ravit-il au Peintre le plus parfait de ſes ouvrages ? Son pinceau lui
reſte encore, mais le pinceau ne produit pas deux fois le même chef-d'œuvre. Ses larmes couleront ; larmes ſté-
riles qui ne lui rendront point ce qu'il
a perdu. La Gravure, & la Gravure
ſeule ſoulagera ſa douleur, & répa-
rera ſa perte. Mille eſtampes rempla-
ceront le tableau annéanti, il renaîtra
dans leurs traits, & l'Artiſte malheureux trouvera dans la multitude des
productions du burin de quoi ſe conſoler de ſon déſaſtre. Ainſi la mort
d'un fils chéri, l'unique ſoutien d'u-
ne famille prête à s'éteindre fait écla-

ter en soupirs lugubres & en longs gémissemens, un pere & une mere qui voient ravir d'entre leurs bras le seul objet de leur tendresse : mais si ce fils laisse après lui des fréres aimables, leur nombre affoibit les traits, abrége le temps de la douleur. Ceux qui restent adoucissent la perte de celui qui n'est plus.

Ce seroit peu pour le burin de ne servir que la peinture. N'est-ce pas encore de lui que le Bronze & le marbre de la sculpture reçoivent une gloire indépendante de la révolution des siécles ? N'est-ce point par lui que les travaux des Rois triomphent des ravages du temps ? Calmes donc tes longues allarmes, ô toi que la France reconnoît pour sa capitale, Paris, superbe Paris, essuye les pleurs amers que t'arrache l'état déplorable de ton Louvre exposé depuis si long-temps aux injures de l'air & menacé d'une prochaine ruine. Cesse de t'affliger en voyant ses magnifiques bâtimens devenus l'asile du Hiboux & de la Chouette qui y perpétuent leurs races pour perpétuer sa honte ; tandis que la troupe immonde des oiseaux nocturnes respectent les vils édifices qui l'environnent, & dont la

ſtructure audacieuſe ſemble vouloir
dérober à nos yeux ce que le monde
entier a de plus beau. Et toi , grand
Colbert, ombre généreuſe & magna-
nime, toi qui fus autrefois la gloire &
le ſoutien de notre empire, toi par qui
la France vit porter au plus haut dégré
ſa ſplendeur & ſa force , jouis enfin
ſans mélange d'amertume des douceurs de l'Elyſée que tu habites. Si le
Louvre , ce fruit de ton zéle pour les
arts, ce chef-d'œuvre de l'Architecture,
cet auguſte Palais de nos Rois eſt deſtiné à périr , au moins il ne périra pas
tout entier. Une eſtampe, un papier
fragile, mais ſeul capable de conſoler
la poſtérité de ne plus voir un Edifice ſi
parfait , en fera paſſer aux races fu-
tures la vaſte & majeſtueuſe étendue ,
les riches ornemens , la noble or-
donnance.

Ainſi tous les monumens du génie
doivent-ils à la Gravure la conſer-
vation de leur beauté , & l'admiration de tous les âges. Pourquoi le ſort
jaloux du bonheur des humains ne
fit-il pas éclore ce bel art dans les mêmes ſiécles que la Peinture dont il tire
ſon origine ? Enrichis des dépouilles
de l'antiquité , nous poſſéderions les
chefs-

chefs-d'œuvres de tous les temps.Chaque Peuple, chaque Région étalleroit sous nos yeux ses thrésors & ses merveilles : l'opulente Corinthe ses Vases précieux , ses Statues, ses Bronzes animés ; la fertile Egypte ses Piramides, ses Moles , les Palais somptueux de ses Monarques , ses magnifiques Arcs de triomphes , ses Ponts hardis , ses immenses Théatres. Nous verrions encore aujourd hui le superbe tombeau de Mausole , le célébre temple de Diane, les jardins enchantés de Sémiramis , & les machines puissantes du Philosophe de Syracuse, qui par les secours d'une méchanique sublime n prétendoit rien moins qu'élever & suspendre dans les airs une Flotte nombreuse , pour la précipiter ensuite avec la rapidité d'un violent tourbillon dans le sein de la mer, & la faire disparoître dans les abîmes de l'Ocean.

Que dirai - je enfin ? Les événemens mémorables , les grandes entreprises, tout ce qui mérite de vivre dans la mémoire des hommes , emprunte pour s'assurer l'immortalité, l'art puissant du burin. C'est lui qui consacre la naissance des Rois, & leurs mariages; lui qui perpétue le souvenir de leurs

H

maladies ; lui qui retrace l'ordre de leurs pompes funébres , & l'appareil de leur triomphe.

Ainſi la France au comble de ſes vœux par la naiſſance d'un enfant qui augmentoit l'auguſte famille de ſon Roi a-t-elle vû plus d'un Artiſte fixer pour toujours par la Gravure l'Epoque de ſa joie & de ſon bonheur. L'amour qui exerca les arts en faveur du fils , ne les laiſſera pas ſans doute dans une honteuſe inaction quand il s'agit de peindre le pére échappé des portes du tombeau. Le burin apprendra aux François qui doivent naître, combien étoit cher à leurs péres un Prince dont la maladie fit répandre des larmes ſi améres , & dont la convaleſcence excita de ſi vifs tranſports d'allégreſſe. Que ne puis-je moi-même graver ſur l'airain ce double évennement ? Je ferois contraſter dans deux médaillons différens, réunis ſur la même planche, les ſujets de notre triſteſſe & de notre joye. Dans l'un je montrerois le Prince languiſſant couché ſur un lit de douleur, reſpirant à peine, environné de lugubres cyprès, & enveloppé dans leur ombre funeſte : autour de lui ſeroient ſes aimables ſœurs que je

repréfenterois avec tous les attributs
de la douleur, & telles qu'on nous
peint les Héliades pleurans la mort
de Phaëton leur frére. Plus tendre que
Climéne, Leczinski oubliant qu'elle
eft Reine, pour fonger qu'elle eft
mére, témoigneroit auffi fa douleur
par fes larmes ; & ferrant étroitement
entre fes bras le digne objet de fon
amour, feroit retentir l'air de plain-
tes & de foupirs. Je n'oublierois pas
Louis dans une fcéne fi honorable
pour l'humanité. Ses yeux peindroient
les cruels combats que fe livrent dans
fon cœur la nature & la majefté
Royale : des larmes échappées malgré
lui annonceroient que la tendreffe du
Pére triomphe enfin de la fermeté du
Héros. L'art pourroit-il atteindre,
pourroit-il rendre l'abbatement & la
défolation de la tendre Epoufe du
Prince ? Non, mais il cacheroit fon
propre défefpoir en jettant un voile
expreffif fur le vifage de la Princeffe
affligée.

Dans l'autre médaillon, mon burin
n'ayant plus à exprimer que des idées
riantes, épuiferoit toutes les richeffes
de la Gravure. Placé au centre du
médaillon, la tête couronnée d'olivier,

couvert d'une draperie rehauſſée d'or
& de diamans, le Prince rendu à nos
vœux, attireroit & fixeroit ſur lui
tous les regards. Sa Cour ſeroit com-
poſée des Graces & des Ris, dont
les jeux badins, & les danſes folâtres
peindroient le plaiſir & l'allégreſſe.
Elle ſe liroit encore cette allégreſſe
auſſi vive que légitime dans les yeux
ſéreins de la France reconnoiſſable à
ſon manteau d'azur ſemé de lys d'or
& à ſa couronne de laurier. Vis-à-vis
d'elle paroîtroit la Religion diſtinguée
par ſes attributs, & portant ſur ſa tête
un voile myſtérieux, ſymbole de ſa
pudeur. Son attitude humble & reſ-
pectueuſe, ſes yeux élevés vers le
ciel, apprendroient quelle regarde la
ſanté rendue au Dauphin, comme le
plus précieux des bienfaits du Très-
haut. Dans le lointin, le Dieu de
la Seine, les cheveux entrelaſſés de
joncs & de roſeaux, & majeſtueuſement appuyé ſur ſon urne, en feroit
jaillir des eaux écumantes, dont la
vapeur légére répandroit ſur toute
l'eſtampe une fraîcheur agréable.

Je pourrois encore chanter l'art ingénieux de graver ſur les Pierres précieuſes, & d'en tirer avec du ſouffre

ou de la cire liquide des empreintes
gracieuſes, & fidelles ; mais le port
s'ouvre devant moi, & je me preſſe
d'y entrer. Quelqu'autre mortel plus
chéri d'Appollon, & plus ſûr de ſes
faveurs, exécutera ce que je n'oſe
entreprendre. J'ouvre la carriére, celui qu'une noble émulation y fera
entrer, ne rougira pas ſans doute de
partager avec moi les lauriers qui l'y
attendent ; il aura la gloire de les avoir
cueillis ; j'aurai celle de les lui avoir
montrés.

Mais la Gravure prodigue pour
nous de ſes dons les plus exquis,
n'obtiendra-t-elle de nos cœurs aucun monument qui ſignale ſes bienfaits & notre reconnoiſſance ? Et qui
mieux qu'elle-même peut fournir de
quoi remplir dignement ce double
objet. Que celle qui travailla juſqu'ici
pour nos plaiſirs, travaille donc enfin pour ſa gloire. Que de l'airain le
plus pur où une main habile l'aura
tracée, ſon image paſſe ſur une feuille
légére, & aille recevoir chez tous
les peuples de l'univers le tribut d'admiration qui lui eſt dû. Qu'elle ſe
montre ſous les traits majeſtueux d'u-
ne Reine aſſiſe ſur un trône magni-

fique , & portant aux pieds de riches brodequins. Que d'une main elle tienne le burin, inſtrument de ſes merveilles , & de l'autre un ſceptre , ſymbole de ſa puiſſance. Qu'un long manteau de pourpre couvre ſes épaules , qu'un brillant collier d'or ajoute à ſon éclat , & reléve ſes charmes ; que le Tems abbatu aux pieds de ſon trône ſans aîles , & ſa faulx briſée , frémiſſe du triomphe d'un art contre lequel ſes fureurs ſont impuiſſantes ; tandis que d'un coté ſuivi de ſes ſœurs , l'aimable Peinture , préſentera ſes chefs-d'œuvres , & implorera pour eux les ſecours puiſſans du burin , & que de l'autre la Déeſſe des arts , Minerve, placera elle-même ſur la tête de la Gravure une couronne immortelle d'olivier.

Fin du troiſiéme Chant.

APPROBATION.

J'Ai lû par ordre de Monseigneur le Chancelier un Manuscrit intitulé *Scapltura Carmen*, *avec la traduction*, *& une Epître en vers latins & françois*, *par le R. P.* Doissin, *de la Compagnie de Jesus.* Je n'y ai rien trouvé qui m'ait paru devoir en empêcher l'impression. A Paris ce 22 Décembre 1752. *Signé* PICQUET.